XIAFANJIAN

下凡间

莫焱熙————著

敦煌文艺出版社

图书在版编目（ＣＩＰ）数据

下凡间 / 莫焱熙著. -- 兰州 ： 敦煌文艺出版社，
2023.12
　ISBN 978-7-5468-2445-1

　Ⅰ．①下 ⋯ Ⅱ．①莫 ⋯ Ⅲ．①长篇小说－中国－当代
Ⅳ．①I 247.5

中国国家版本馆CIP数据核字（2023）第 202172 号

下凡间

莫焱熙　著

责任编辑：马吉庆
特邀编辑：胡兴亮
装帧设计：小吉先森

敦煌文艺出版社出版、发行

地址：（730030）兰州市城关区曹家巷 1 号新闻出版大厦

邮箱：dunhuangwenyi1958@163.com

0931-2131906（编辑部）

0931-2131387（发行部）

河北浩润印刷有限公司印刷

开本 889 毫米×1230 毫米　　1/32　　印张 5.75　　插页 1　　字数 120 千
2024 年 4 月第 1 版　　2024 年 4 月第 1 次印刷
印数 1~1 000

ISBN 978-7-5468-2445-1

定价：40.00 元

目　录

序　章

万年前，身传言渡救苦救难大造化谱法尊者，获超脱无边法力，又历经九世轮回，于雷峰山顿悟，受九重天雷劫，飞升入圣。

霎时，仙界万道霓虹，七彩斑斓，空中九龙共游，仙班齐舞，只见谱法尊者容光焕发，体态轻盈，众仙家纷纷登南天门，拱手祝贺。太上开天执符御历含真体道昊天玉皇上帝从仙座下来相迎。

只见其鹤发童颜，站立于凌霄宝殿之内，众仙家贺语纷纷，玉帝吩咐仙童设二九一十八张仙桌，又上珍稀仙肴，一品仙酒，请众仙家入座，邀谱法尊者、太上老君入首座，席间又上王母蟠桃，又听谱法尊者讲道，力士大仙演奏喷火吐雾，好不热闹。

席罢，太上老君携谱法尊者往大殿后方走去，邀其观赏其仙器"盘煌古钟"。谱法尊者问道："此钟有何不同？"老君道："尊者不知，此钟集天地灵气于一身，用万年灵石为体，三界之气为眼，此钟通晓人间百态，能预测过去未来。说来，我那些宝物金刚镯，幌金绳，真不值一提咦。"

说话间，二仙者已腾云驾雾至兜率宫，期间见仙居广硕，仙班络绎不绝，烟火鼎盛，真谓繁荣。只见一只大钟设于兜率宫后，钟体足有数丈高，钟身呈椭圆形，虹光烁烁，钟内蕴含天干地支，十二时辰，最内里是一个五行八卦，在最前端的"子"枝干处，生出无数星点，这些星点不断往末端的"亥"处飞去，期间有格外耀眼的，亦有中途夭折熄灭的，象征着人间百态。谱法尊者内心暗自赞叹："实属罕见。"

行至兜率宫，老尊引尊者往盘煌钟行去，却忽然想起另外三件宝物，欲给谱法尊者见其玄妙，便说道："尊者，吾还有另外三件宝物，此三件宝物分别是："万通符箓""羊脂玉净瓶""百妖册"。此三件宝物，一件是道家至宝，其间包含万道符箓的万通符箓，用途不一，能消万千魔障，灭妖兽，驱鬼神，不在话下。一件是可装载世间万物的羊脂玉净瓶，另外一件，更是玄妙无比，乃是用万年古树为桨，天地之气为墨，沉入万丈海底，又唤来五丁五甲，风、雷、火、电锻造七七四十九天终成此书。此书内含九九八十一处幻界，可窥见世间真美好，可将良心未泯的五虫妖兽困于此书，使其弃恶从善。"

尊者叹道："老君真乃万道妙手，唯多宝道人不能比咦。"

老君笑道："哪里哪里，尊者谬赞了，此三件宝物平日都由仙童看守，今日不知何处去了？"

太上老君与谱法尊者步入兜率宫，仍不见仙童，老君急忙呼喊仙童，原来这仙童守着宝物着实无趣，平日老君也少来，便偷偷躲在兜率宫角落熟睡了，这仙童突然听闻老君呼喊，猛地惊醒，手中羊脂玉净瓶与百妖册齐齐掉落，只见那玉净瓶口儿冒出百道黑气，百妖册书页翻飞，其间也散发出百道黑气，径直往云层下窜去，不一会儿便不见了踪迹。

那仙童见状，慌慌忙忙捡起宝物，往老君处跑来，望见老君便是扑通跪地，哭道："君上饶恕，君上饶恕……"

仙童哭着讲述了事情经过，老君大怒，抽出腰间幌金绳就要责罚，谱法尊者忙拦住，道："胜似天意，胜似天意。"老君方才止住，呵斥仙童退去。

老君道："百妖册内，困了无数凶蛮狠恶之妖物，如今四散逃去人间，必然天下大乱矣……"

尊者道："如此看来，乃上上重天旨意也，此事因我而起，不如趁此机缘，再下凡造化也。"

老君道："尊者方修得正果，又下凡间去，真乃大无量功德，如此，我这两件宝物赠与尊者，万万不可推辞。"说罢，将万通符箓与百妖册递与谱法尊者。

谱法尊者不好推辞，又见万通符箓闪烁万道金光，便从中取出三道金光，道："不擅使符箓，如此，我只取其间三枚，也不遭遣天物。"又将百妖册藏于袖中。

老君道："也罢，此行凶险，尊者不可往南天门下界，往东天门去，如身法力万中存一。"

尊者应允，取走百妖册便与老君告辞，独自飞回仙宫，将一些物件处置，又飞往东天门，天蓬元帅正于东天门操练仙兵，见尊者腾云至，忙驾云追上，道："尊者，哪里去？"

尊者停下，道："凡间去。"

天蓬道："尊者方才得道，如此又要历劫去，奈何走东天门？"

尊者道："仙童不小心打破玉净瓶，如此不便禀报，便从东天门去，将妖魔收尽，岂不是功德一件？"

天蓬赞许，道："真乃圣人圣心，随吾来，吾引一段路。"

说罢，二仙飞往东天门下凡暗道。

天蓬道："自此下凡去。"

尊者谢过天蓬，道："百年后，或许有某位圣人转世，说不定天蓬亦有奇缘。"言罢，往光柱中一跃，便往凡尘去了……

第一章 千年古刹闪灵光 仙翁梦中授神功

话说，蓬莱山上有一座千年古刹，名曰"灵隐寺"，山下又有一条小溪，唤"清水河"，其溪流清澈见底，婉转延绵，川流不息。

一日，灵隐寺上空，突发异象，一道金光穿过云霄，往清水河处落去。顷刻，河面金光烁烁。灵隐寺主持见此，便从山上下来，来至清水河旁，那金光早已消散，却见河面上飘来一个竹篮，主持急忙用竹篙将竹篮捞上来，却见竹篮里睡着一个婴儿，婴儿不哭不啼，倒是睡得十分安详，主持四望无人，便将婴儿带至山上。

由此，这名婴儿便在寺中生长，自小，便由佛门中人赠赐法号"净空"。

净空自幼聪慧，寺中约莫十余年，初得小成，便问其师释尼僧："世间万万种因果，何为因，何为果？"

释尼僧笑曰："因果为缘，业感缘起。"

净空辩曰："既为缘，诸善缘与我为缘，诸邪亦是我缘，如是，法不能断恶之根源，消除业障，唯传道谱法，为上上乘。"

其师默然赞许，寺中皆认为，净空习得小乘佛法。

又过数载，寺内突然发生了一件奇事，半夜时分，净空从禅房出来，一阵阴风吹来，寺内明灯皆被吹熄，净空睁眼望去，却见四周漆黑一片，净空赶忙跑向大殿，只见大殿内冷冷清清，一个巨大的黑影正伏于桌上，贪婪的吃着供奉茶果，那黑影背后长着一双尖长翅膀，脚趾粗大，指甲又粗又长，浑身还长满了厚厚的灰色鳞甲，相貌丑陋，形态吓人。

净空却是不惧，朝着妖物大喝道："哪里来的妖物？竟敢偷吃佛前贡品！"

那妖物被这一声大喝，受了惊吓，急忙转身，张开血盆大口嘶吼一声，旋即一脚踹倒供奉桌子，扑腾着一双黑色翅膀，往大殿外飞去，净空跑上前想欲阻拦，那妖怪力大无比，侧身便将净空撞倒于地，随即扑腾翅膀，往殿外飞腾而去……

听闻打斗声，众师兄弟带着火把赶往大殿，那妖怪早已飞走，只留下一片狼藉，主持见状，便将净空带至禅房，讲述了其出身经历，又从包袱之中，拿出两件物件，乃是三道符箓，一本残书。

主持道："此两件物件，乃是你从竹篮中带来，符箓乃是道教门人擅用，此三道符箓，一道乃天火符，一道乃天雷咒，一道乃定身咒，老衲也仅是知道其名号，并未识得使用之法，此本残书更是见所未见，如今你已年长，此二物便当归还。"

言罢，主持便将物件交还净空，净空拜谢而去。

半夜，净空睡梦中，却见一老翁腾云而至，梦中，老翁在净空耳边窃窃私语，原来老翁在梦中传授了净空符箓口诀，净空聪慧过人，很快便习得符箓使用之法，随后，老翁又传授了画符之法，习得后，老翁又指了指残书，道："此书乃至宝《百妖册》，其间有九九八十一幻界，可收纳五虫妖兽，亦可幻境内绞杀妖物，待吾亲授口诀……"

老翁正传授口诀，梦里却一阵大火袭来，净空从梦中惊醒，一看天已蒙蒙亮。再去回想，那老翁所授《百妖册》之法，只记得收纳，其余均记不清矣。

次日，净空照常前去大殿参禅，却见一丫鬟闯进寺庙来，高声喊着主持名号，旋即，主持从殿内出来，将丫鬟请进殿内。

原来丫鬟是山脚下中原国玉峰古城富绅顾贾夫人的贴身丫鬟，顾富绅有一女儿，姓顾，小名晨曦。如今正值花季，某天夜里，受了一场惊吓，却突然生出一场怪病来。白日里芊芊身影，舞琴弄墨，活脱脱一个大家闺秀，一到半夜，却像换了一个人般，半夜端地坐起，双目无神，还偶尔发出尖锐笑声。一下子吓坏了侍奉的丫鬟，禀告夫人后，请来城中名医，一把脉，皆是摇头，查不出病因来。

贾富绅事感蹊跷，请来赤脚和尚半夜前去驱赶邪祟，一夜无声，次日推开门，却见房门里，横躺着一具尸首，原来那赤脚和尚早已经筋脉寸断，血液流尽而亡。

话说回灵隐寺，这顾夫人经常前来寺庙上香供奉，因此结了善缘，闺女得此怪病，顾夫人惴惴不安，便命丫鬟连夜赶往灵隐寺求请高僧超度恶魂。

讲述前因后果，主持道："阿弥陀佛，施主下山去吧，我命高僧前去。"

丫鬟拜谢而回。

随后，主持传净空至禅房，道："净空，如今顾家小姐得此怪病，说不定是你的机缘，为师且派你下山去，一来为驱除邪祟，二来你也趁此机缘历练历练。"说罢，主持又拿出两件佛门宝物交予净空，一件是"如意金刚念珠"一件是佛门圣经《大罗金仙法咒》手抄本，净空拜谢，回房收拾行囊，准备下山之行。

话说中原国，立国已有千百年，当朝皇帝励精图治，开放贸易经商，国力渐盛，大有宏伟之雏形，盛世之初貌。但在甲子年，却发生了一件怪事。

中原国东边数县，连年无雨，大地干旱，庄稼颗粒无收，连年旱灾，农民哀嚎遍野。而西面数郡，倾盆暴雨，又引发洪灾，可谓天灾连连。

有地方县令拟表上奏朝廷，皇帝阅之，令国师占星卜卦。

国师焚香沐浴，叩首九拜，得一卦象，解得诗四句："仙童梦中碎琉璃，百妖逃散祸人间，欲解人间疾苦去，当寻人间奇人来。"

翌日早朝，有邻国万花国来使求见，帝宣其上殿，来使行礼后，曰："吾国毗邻中原国，近日，吾国风铃城发生一场瘟疫，附近村落偶有幼童失踪，探之，原是一只黑翅灰鳞丑陋怪物所为，奈何我朝无诛妖之能人，久闻中原国博大精深，所谓唇亡齿寒，故前来求助也。"

皇帝面朝众臣，问曰："可有诛妖之能人？"

众臣面面相觑，纷纷摇头，此时国师呈上卦象，道："吾近日卜得卦象，解有词四句：仙童梦中碎琉璃，百妖逃散祸人间，欲解人间疾苦去，当寻人间奇人来。如此看来，国内确有异士也，可派遣贤臣，去往国内，寻得异士来，再命其往万花国助之。"

皇帝曰："当派遣谁去？"

国师曰："便命将军定方、忠嗣前去甚好，此二人久经沙场，善面相，定能胜任。"

皇帝笑曰："如此甚好，来使请回，待寻来异士，自当前去相助。"

来使拜谢而回。

帝即下诏，忠嗣、定方二将军领命而去。

说回玉峰古城，城内一群人围着城墙观看着什么。原来这墙上贴了一张告示，乃玉峰古城有名的富商顾贾张贴的告示，传言其千金中了邪祟，贴此告示便是征集奇人驱除邪祟，赏金数两。

人群中，走出一位壮汉，只见其身穿短袖布衣，臂膀粗大，腰间系一条细腰带，脚踏一双云鲤鞋，肩后背一粗布麻袋，八字眉，铜铃眼，一身正气，行走若风。

只见其瞧了一眼两张告示，伸手便要去撕顾府告示，这时候人群中走出一位身背剑匣的侠士，大喝一声："壮士，可是前去驱妖？"

壮士回身看了一眼侠士，只见其丹凤眼，八字眉，身披蓝布衬衫，身背墨色剑匣，双手环抱，一副正派模样。

壮士道："吾正有此意。"

侠士笑道："听闻前些日子，有个赤脚和尚揭了榜，却落得个七窍流血暴毙而亡，定然不是什么寻常妖怪，吾乃五台山古剑派弟子，名号古裕风，正欲揭榜，如此便与兄台同行罢。"

壮汉道："吾名虎蛮，蓬莱县人士，自幼修习功法，侠士愿同行甚好。"

说罢，二人散开人群，径直往顾府走去，行至顾府，天色已暗，只见四周漆黑，唯有府门前点着两盏灯笼，一阵阴风吹过，灯笼摇摇欲坠。

欲知后事如何，且听下回分解。

第二章　古剑欲驱邪魅去
定方收得奇人来

话说，有壮士虎蛮、古裕风揭了顾府告示，行至顾府门前，却见四周阴风阵阵，门前只点两盏灯笼，不似寻常人家。

古裕风道："此宅凶险，却不知内里如何？"

虎蛮大步行至门前，一双粗臂敲打着大门，喊道："可有人在？"

二人在门外等了片刻，却见一家丁打开屋门，斜眼上下打量了一番来人，问道："二位侠士何事？"

古裕风上前道："听闻顾府闹邪祟，我二人揭榜而来。"

家丁惊愕一阵，旋即回屋禀报，不一会，却见两三个下人引着一老者出来，老者头戴银冠，身披华服，走路急促，不像一般人家。

老汉行至门前，随即行礼道："吾乃顾贾也，侠士快快请进！"

虎蛮与古裕风随即进入府内，只见府内地铺青砖，灯火甚少，几个下人打着灯笼引路。

顾贾一边走，一边道："劳烦侠士来，听闻顾府得了邪祟，家丁大多都四散去了，只剩几位忠仆不肯散去。吾晚年得女，却不知招惹了什么祸害？现在还是戌时，没什么变化，且待亥时，却像变了个人，我与夫人去见过一回，时而狞笑，时而癫狂，也不认得我们，将我与夫人推出门外，自此晚间不敢过问。"

虎蛮、古裕风随顾贾行至前堂，却见一女子头戴凤冠，身披华服，粉面胭脂，哼着小曲，正翩翩起舞。舞步婀娜，一舞惊鸿起，一舞柔情来。

女子正是顾府千金顾晨曦，此时还翩翩起舞，古裕风正看得出神，却忽然烛光一灭，一阵阴风吹来，顾晨曦瞬间停止了舞步，整个人变得阴森诡异起来，只见她目光呆滞，双腿慢慢僵硬地打开，然后一步一步朝闺房走去。

顾贾说道："亥时来也。"

顾晨曦眼神呆滞，一直往闺房中行去，虎蛮与古裕风紧随其后。不一会顾晨曦行至房中，然后呆坐在床上，一言不发。

虎蛮与古裕风行至门前，却见房内阴森森，却似中了邪祟，一般人瞧不见，可虎蛮与古裕风乃修行之士，自然多些手段，只见古裕风推了推虎蛮，道："虎兄，可瞧见顾姑娘身后是什么东西？"

虎蛮擦了擦眼睛，果然瞧见一张巨大的长满皱纹的老脸贴在顾晨曦身后的墙上，那老脸的四周长着无数的触手，正紧紧地吸附在墙面，一双诡异的眼珠盯着顾晨曦脑勺，嘴里正大开大合地吸取着精气。

古裕风说道："顾姑娘就是被这妖怪蛊惑，如今只见三魂，不见七魄矣。"

二人言罢，随即跨步进入屋内，那皱脸老妖此刻也察觉到来人，即刻化作一副狰狞模样，顾千金立即从床上站起，一双碧眼突然睁得老大，眼眶内布满血丝，整个面目逐渐变得狰狞。随着顾千金的一声吼叫，墙壁上突然飞出无数条粗长藤蔓，毫无章法地朝虎蛮、古裕风二人袭来。

二人亦不含糊，虎蛮一个侧身躲过数条藤蔓，瞬间从腰间抽出两个圆环朝藤蔓抛去，只见圆环化作数道蓝光与树藤撞在一起，古裕风亦翻身躲过数条藤蔓，剑匣一抖，数把飞剑从剑匣中飞出斩断数条藤蔓，二人与皱脸老妖酣战，屋内传出阵阵抖动，无奈藤蔓太多，二人又顾及顾千金，旋即飞身跳出门外，那皱纹老脸被激怒，嘴角吞吐着黑气往门外追去，不一会儿又吸附在门前，周围生出无数条藤蔓，再次朝二人袭来，此时，屋檐上却突然跳出一个黑衣人，手持长弓，朝着皱纹老脸拉弓便射出一箭，箭尖化作一道寒气直奔皱纹老脸，一箭正中皱纹老脸眉心，随着一阵呜咽，整张脸痛苦扭曲着，逐渐化作一滩黑水往墙角流下。

屋檐黑影脱下面纱，竟是一俊俏少年。原来少年早已埋伏多时，正是等这皱纹老妖被引出门外，再出手消灭，否则这老妖躲在顾小姐身后，身法便无处施展，稍有不慎，还伤及千金。

少年从屋檐跳下，正欲搭话，却见那黑水有了动静，少年忙喊一声："小心！"却见一团蓝色火焰猛然从黑水中冒出，一阵蓝光闪过，三人瞬间被一股瘴气盖住，那黑水中生出万道触手，一瞬间将三人牢牢抓住，此刻，纵是三人即便有浑身手段亦是无处施展。

蓝色火焰漂浮至半空，一道黑气化作血盆大口，正欲吞噬三人，却见前门传来一声大喝："妖孽！看我大罗金仙掌诀！"

只见一个年轻和尚念动法咒，瞬间，万道金光纵地而起，随着和尚挥掌，顷刻间万道金光化作一道掌劲朝着漫天黑气轰来，法力撼动，天地变色，万千触手瞬间消亡。那蓝色火焰急忙朝地上钻去，却见和尚随手扔出一本残书，随着法咒念起，残书化作一道旋涡，硬生生将那蓝色火焰吸了进去。

只消片刻，黑气散尽，顷刻间天地恢复了颜色。

原来，和尚正是灵隐寺派遣高僧净空。净空望着三人，叹道："阿弥陀佛，贫僧来迟，这蓝色火焰名唤蓝妖火，擅于迷惑心智，你们方才所见的皱纹老妖，乃是被它迷惑心智的树妖，如今此妖火已被贫僧收服矣……"

说话间，净空又前去查看顾千金，妖孽消弭，只见顾晨曦昏睡在窗前，脸色苍白。

虎蛮看着黑衣少年，问道："汝谓何来？"

黑衣少年上前抱拳道："吾乃篱染墨，淮阳人士，擅使弓箭，祖上传下些本事，所用琉璃弓颇有些驱邪功力，听闻神远威震四方大将军定方征集奇人，吾被友人举荐而来。"

话闭，却见一人身披战甲威风凛凛步入庭内，此人正是神远威震四方大将军定方。

定方将军望着众人，拱手道："诸位，吾受命于天子，欲寻四方异士，解救万花国于水火，恰逢玉峰古城奇案，星夜赶来，却是撞见诸位各显神通，还望诸位助一臂之力，赏金封号，不在话下。"

虎蛮道："将军，吾乃蓬莱人士，自幼学得些本事，擅使鸳鸯环，此环不是一般环，乃奇人采得天山奇矿，又浸东海之深水，借六丁六甲之力铸造而成，此环金刚不坏，戴于双臂，可使撼山之力。"

古裕风道："将军，吾乃古剑派弟子，擅使奇门法术，神机剑匣，此剑匣不是一般剑匣，由师门代代传承，其间暗藏数道剑机，内里又藏百般变化，斩妖除魔，不在话下。"

将军喜道："如此甚好，如此甚好！方才见金光烁烁，敢问是何人所为？"

篱染墨道："乃是一年轻僧人，如今正在房内与顾千金诊脉。"

说话间，早有家丁唤顾贾及顾夫人前来。

见妖孽散尽，顾贾急忙拜谢众人，道："顾某感激不尽，感激不尽……不知小女如今如何？"

净空道："令千金三魂尚在，七魄只剩六魄矣，乃是受妖魔蛊惑所致，今后恐体弱矣。"

顾贾拉住净空，急道："可识得解救之法？"

净空有驱妖手段，却不识回魂法宝，无奈只能摇头。

此时定方将军步入房内，道："听闻万花国与中原国交界，有一奇谷，名唤万花谷，谷主通晓阴阳，擅使救治之术，令千金去往万花谷，或能治得。"

顾贾道："只是小女孱弱，如此前去恐遭不测，若是诸位能陪同，顾某必定重谢！"

将军道："恰好，万花国途经万花谷，诸位可与顾小姐同行。"

虎蛮，古裕风皆赞同，唯净空不言。见天色已晚，顾贾命下人安排住所，众人散去，定方又独自前往净空住处，请去万花国诛妖，净空遂应允。

翌日，众人于门外集结，顾晨曦从昏睡中醒来，却不记得晚间事情，其父讲述了来龙去脉，随即催促其更换便衣，随同官府护卫数人、净空众人一同前往万花谷。

顾晨曦带好行囊，来之门外，恰逢定方将军送来马匹，又将通关文书递与净空，与众人道："前往万花国，此行凶险，诸位多加小心，吾回朝复命矣。"遂与众人拜别。

一行人整理行装，遂上马前往万花谷，行至一密林，净空下马道："听闻前方有一县，名唤浔阳县，连年干旱，不见下雨，事出蹊跷，吾前往一探究竟，诸位可先往万花谷，吾随后便到。"

说罢，将马匹交与随行护卫，又递与古裕风一枚符咒，道："此乃天火符，若遇难缠妖物，可使符咒驱之。"又耳语告知使用方法。

虎蛮、古裕风道："高僧处处小心！"净空应允，遂与众人拜别，独自行入密林，不见踪迹矣。

众人与净空拜别，又继续赶路，走出密林往西边一路飞驰，星夜方才来到一处古寨，众人便打算前往古寨歇息。

进入古寨，说来有些怪异，这偌大的寨子，不见一处客栈，路上人迹罕见，偶见一行人，亦是匆匆跑回宅子，然后闭紧大门。见此，古裕风寻了一处宅子，敲了数下门，半宿才有一老者打开门。

古裕风道："前辈，宅子清冷，所谓何故？"

老者道："半夜有妖孽作祟，专门吃赶路人，三更不敢出门矣，壮年不在老寨，汝等生人，还是快逃去吧。"

古裕风道："吾等赶路，经过此宅，可否借宿一宿？"

老者惶恐道："专吃生人，专吃生人……"说罢，老者快快将门合上。众人踌躇，却见天色怪异，不一会儿，周边便变得异常寒冷，地面慢慢结出冰花，天空亦落下细细雪花。

欲知后事如何，且听下回分解。

第三章 鸳鸯环里有乾坤
雪妖专食赶路人

却见天色突变，不一会，一条路上已经布满积雪，古裕风顿感不妙，如此看来，此处定有妖物。正在众人惊讶之时，远处突然传来一阵"轰隆"声，篱染墨定睛一看，却见一只庞然大物正往这边慢步走来，只见那怪物，声似犬，形似狼，浑身长毛，一双眼通红，满嘴是獠牙。

再细细一看，庞然大物身上，正盘坐着一妙龄女子，这女子，一身雪白，披一件长布衫，一只手打着哈欠，神情俏皮。

篱染墨望着远处的怪物，惊道："吾认得，这庞然大物，定是冰原狼妖，此妖身躯庞大，足有一丈高，凶残暴戾，只是这狼妖生活在极北极寒之地，如今怎么出现在这里？"

狼妖似乎闻到了人气，一瞬间变得狂躁不安，一只充满戾气的眼扫了一眼四周，不一会便发现了众人，随即四肢一跃，朝着众人奔来。

众护卫神色紧张，迅速抽出佩刀，分散站开，虎蛮不敢马虎，亮出随身鸳鸯环，古裕风一跃跳上屋顶，一只手紧紧按住神机剑匣。

只见狼妖奔来，其顶上坐着的女子发现了众人，顿时笑了起来："人心！人心！"

狼妖靠近，篱染墨方才看清，那狼妖身上的女子有着一张开缝的嘴，一双眼睛摄人魂，断定不是人！见狼妖靠近，篱染墨抬手便是一箭射出，利箭闪出数道寒光，朝着那妖女射去！

箭光射来，这冰原狼瞬间狂暴，巨大的身躯一跃而起，利箭全然射在其坚硬的皮肤，弓箭折断，造不成一点伤害，冰原狼妖从高空中落下，一双利爪拍下，伴随一声巨响，两名护卫瞬间被撕成碎片！

见状况不对，篱染墨拉着顾晨曦便跑，那冰原狼妖被激怒，哪肯放过众人？只见其利爪一挥，近处又一护卫反应不及，被拦腰撕断，其余护卫叫喊着四散逃去，冰原狼后腿一蹬，朝篱染墨跃去，一双利爪高高挥起。

古裕风见状，飞身一跃，在半空中使出"神机剑匣"，随着机关触动，数道剑气飞出剑匣，在半空中剑气汇聚合一，古裕风便使出了"神机剑匣"中最霸道的一式"剑道纵横"！

只见万道剑气汇成一体，变成一柄巨剑朝冰原狼妖挥砍而下！那冰原狼亦是不惧，挥舞巨爪挡下，只听"轰隆"一声巨响，剑气消散，半空中还散着浓烟，那冰原狼两只尖长利爪被硬生生砍断，可见这剑气霸道。

使出这一式，古裕风便落在地上，大口喘着粗气，可见这剑匣无比耗费内力。

再瞧那冰原狼上方女妖，竟哈哈大笑起来，她看了一眼众人，神情却突然变得凶狠。

妖女道："好玩，纵是好玩，亦死于这暴风雪中罢！"

妖女说罢，随手一挥，这空中便落下暴雪，又一挥，狂风便来。众人被吹得摇摇欲坠，再加之冰天雪地，任何招式皆无力施展，唯独虎蛮立于冰雪之中，任风吹而纹丝不动。

冰原狼嘶吼一声，便再次挥出利爪欲取众人性命，虎蛮将鸳鸯环戴于双臂，大喝一声："四方神灵显神通，巨力可撼千重山，五丁五甲造此环，鸳鸯环里有乾坤！看招！"

说罢，整个人飞身而出，以一臂之力挡下冰原狼妖一击，只听得一声巨响，虎蛮纹丝未动，随即另一只手臂朝狼妖轰去，狼妖亦不示弱，抬爪便挥，响声撼动，一人一妖交手数十回合不分胜负。女妖见状，抬手便化作一团雪球，朝虎蛮袭来，虎蛮分身乏术，被暴雪遮住眼睛，那狼妖趁机轰出一击，虎蛮闭着眼，无暇格挡，硬生生被巨爪轰飞数米。

古裕风见状，突然想起了净空法师给的"天火符"，想必此刻有用，急忙从袋中"天火符"，那女妖却好像识得此物，一见"天火符"吓得急忙喝退狼妖，口中念叨着什么，这狼妖便急匆匆往古寨身后树林逃窜去了。

　　狼妖一走，这风雪骤停，一切又恢复原来模样。两名幸存护卫又折返回来，原先闭门那老者又打开门，呼唤众人进得屋内。

　　老者讲道："传闻，这女妖原来也是一个少女，被一个过路的官人带到寨子，一日，有一伙歹徒闯入寨子，将官人杀害了，将姑娘糟蹋之后，扔到冰湖里活活溺死了。从此，这寨子少了一对苦命的鸳鸯，那湖里却多了一个索命的冤魂。不知何时，那湖里冒出一股黑气，那冤魂受黑气侵袭，变成了如今的雪妖，专吃赶路人，半点人性全无。"

　　老者讲完，又劝道："这寨子破落，人不多矣，你们还是抓紧赶路罢，指不定这妖怪什么时候又回来。"

　　篱染墨听吧，对众人说道："往前是密林，四面环山，通过密林便是大渡河，要去万花谷，必经大渡河，少侠这天火符，在这河内恐无作用。恐这妖怪伏于大渡河，届时必遭横祸，如此，不如设法将其诛杀。"

　　虎蛮道："该当如何？"

　　此时顾晨曦突然插话道："诸位，小女子有一计，不知是否当讲？"

　　众人看向顾晨曦，道："讲。"

　　顾晨曦道："这妖精专吃赶路人，想必苦大仇深，若是有赶路人为饵，这妖精必当出现，古兄可提前伏于山丘，诱其至密林，再施火法，这密林遇火，如山洪决堤，届时火势延绵百里，这妖精如何能逃？"

古裕风道："此计可行，只是吾伏于山丘，这符咒奈何抛至密林？"

篱染墨笑道："吾自幼习弓箭，百步穿杨不在话下，可将符咒粘于箭上，由我射之，必定中矣。"

古裕风道："如此甚好。"又与老者借宿一宿，老者应允。

翌日，众人待至傍晚，果见几位商贾经过，此番怕是着急，不做停留便匆匆赶路去了，虎蛮众人便远远跟在身后，古裕风与篱染墨、顾晨曦则潜伏至山丘。

果不其然，商贾进入密林没多久，那冰原狼妖便从远处现身，那几人望着庞然大物，不知所措，只见那雪妖正盘坐在狼妖身上，看着眼前的赶路人，眼神亦逐渐变得凶蛮。

虎蛮急匆匆赶上来，朝着商人喊道："诸位速速离去，此乃狼妖，恐有不测！"那几人听罢，慌忙四散逃去。

见"赶路人"四散逃去，那雪妖亦急了，呼唤狼妖奔袭而来，见状，虎蛮急忙喊道："快快箭来！"篱染墨旋即起身，拉开琉璃弓便射出一箭，箭矢贴着符咒，闪着寒光，未待那雪妖反应过来，利箭便射中狼妖右脚。那雪妖看见箭端绑着一纸符咒，顿时惊慌失措，古裕风念动咒语，霎时，数道火光从天而降，化作数团巨大火球，那天火着实凌厉，仅眨眼间，密林内便火光冲天，数道火龙将森林吞噬一空。

众人赶紧撤出密林，火苗延绵百里，那雪妖惧火，恐怕早已经化作焦炭。

火势太大，众人无法赶路，又折回古寨，寻了一处寻常人家借宿，待火灭再赶路前往万花谷。

只是这天火符驱动的乃是天火，一时半会熄灭不得，传闻这火足足烧了七天七夜，恰逢天上降下大雨，方才渐渐熄灭。

在古寨住了几日，大火熄灭，众人方才动身前往万花谷，经过密林，只见遍地焦炭，已无生机。

穿过密林便是大渡河，来至岸边已是申时，只见这大渡河波涛汹涌，河水湍急，一位船夫划着小船正往岸边停靠，古裕风上去问道："船家可过河？"

船夫摇头道："申时不过河。"

古裕风问道："为何？"

船夫道："此河名唤大渡河，不知从何时起，来了一水怪，翻江倒海无所不能，喜吃人，凡过江者均被吞矣。听闻此妖，渔夫不敢下网，船夫不敢渡岸，唯吾午时胆敢一渡，再无别家敢来，各位官人还是寻处地方歇脚，明日再来吧。"

古裕风谢过船夫，又问道："这何处有人家？"

船夫将船停稳，指着东边道："不远处有一村，名唤小溪村，诸位可前去。"

众人谢过船夫便往东边行去，不多时，果真见一处村落，稀稀疏疏仅几户人家。古裕风敲开一处人家，开门是一位壮年，一家三口，夫妇二人带一幼童。古裕风问道："此处可是小溪村？"

男子应道："是也，几位官人面生，可去何处？"

古裕风笑道："正欲渡河，前往万花谷，听闻这大渡河有妖怪，四处寻不到船家，故来此借宿。"

男子应允，又道："半夜切莫出门，这村里最近不太平。传闻邻家瞧见饿死鬼，半夜里食生鸡，恐伤人。"

众人应允，便分开歇息，子时，屋外果然传来阵阵响声，篱染墨睁开双眼，悄悄翻身通过窗户往屋外看去，果然见一庞然大物，浑身漆黑，双眼通红，一只手正抓着生鸡乱啃，满地鸡血，吓得篱染墨急忙抽出弓箭。

预知后事如此，且听下回分解。

第四章　小溪村里有玄机
九天相助大渡河

话说古裕风半夜被妖物惊醒，急忙拉弓射出一箭，只等窗外一声嚎叫，那庞然大物化作一道黑风，往小溪村东面竹林遁去了，众人被叫声吵醒，匆匆整理装束追出屋去。

行至竹林，却见四周漆黑一片，更有乌云遮天蔽日。众人欲往林深处探去，篱染墨恐有伏击，遂命护卫折返取火再来，恰是此时，竹林深处一道紫光射出，旋即一个白衣老者骑一黑熊从密林中行出。

只见这老者"一身白衣显仙威，拂尘在手仙气照，熊精凶悍坐下骑，四周遍地紫光起。"

老者朝众人笑道："诸位莫慌，诸位莫慌，敢问是为这孽畜来？"

古裕风向前作揖，道："前辈，听闻小溪村善民言，有饿死鬼半夜里偷食牲畜，吾等前来探查，不料遇见前辈矣。"

老者笑言："汝等，乃这孽畜所为。吾乃九天真传卜算真人矣，吾这熊精，本乃山中精怪，被吾收为坐骑，听吾日月讲法，亦得小道。一日趁吾打坐，偷偷溜出洞去，潜在这紫竹林里，饿了便食附近牲畜，酿下大错，罪过罪过。如今容吾再收去吧。"

言罢，老者一挥拂尘，那熊精脚下生风，化作飞云驮着老者飞走了。

事毕，众人便又返回小溪村，一夜无事。翌日众人整理行装，便朝大渡河走去，行至大渡河，刚好是午时。那船家也算好汉，果然撑船在河边。

众人乘船渡河，行至河中，突然河水翻滚，小船剧烈地晃动，那船家惊慌道："不妙，不妙，遇上这水妖矣！"

只见河水翻腾，一只巨怪从河内探出头颅来，只见那妖身阔浑圆，两眼冒绿光，浑身布鳞甲，鱼鳃吐气，一张血盆大口，两排尖长利齿，无手无脚，一条阔尾千斤重。

船家见那妖怪，吓得跳船潜水去，那水妖冒着绿光，张开血盆大口便朝水底扑去，一片水花四溅，那船夫亦被水妖吞噬。

小船在河水中飘摇，河面凶险。只见江水翻腾，那水妖从水底一跃而起，张开血盆大口欲吞船上众人。众人无奈，只待听天由命，危急之时，只见天边射来一道紫气，只见一老者骑黑熊从天至，老者一挥拂尘，便将水妖击落水面，又一挥拂尘，使那黑熊幻化身形，变成一只巨大的白鹤。

白鹤张开双爪朝水妖扑去，那水妖不敌，潜入深水中，不见踪影，白鹤又飞回船边，双爪拉着小船往岸边飞去。

众人感激不尽，篱染墨道："多谢前辈搭救。"

老者笑道："诸位应是前往万花国，此行无量功德，吾恰好路过，也乃机缘矣。"

说话间，白鹤已飞至大渡河岸边，九天真传卜算真人一挥拂尘，仙鹤变回黑熊，卜算真人骑上黑熊，与众人一声告别，又腾云飞去了。

经过大渡河，众人行了一段路，经过一密林，却见一白衣男子摇着纸扇，牵着数匹白马站在路口。

古裕风上前问道："敢问兄台可是卖马？"

白衣男子笑道："吾乃白尘，乃九天真传卜算真人弟子，吾师言传身教，授我通天法力，擅使蓝盈扇，此扇不是一般扇，九天护法使神力，五丁五甲显神通，九江九河折成扇，一柄可使百年功。吾师得知汝等前往万花谷，特意让吾赠予白马，助汝等一臂之力，日后有缘相见。"

言罢，将白马赠予众人后独自离去。众人感谢不已，骑上白马往万花谷。

众人往前赶了一段路，天色渐晚，见一客栈，便打算歇息。这客栈立于荒郊野岭，众人感觉不妙，奈何天色已晚，何况顾晨曦乃少一魂魄之人，身躯本就羸弱，再行不便，众人商议后，便往客栈内走去。

入得客栈，却不见人迹，待入得客栈，那客栈大门突然"吱呀"一声关上，客栈里面亦走出几个妙龄女子，笑嘻嘻将众人往二楼卧室里推去，两个护卫赶路疲惫，便入卧室休息。篱染墨、虎蛮、顾晨曦、古裕风四人感觉不妥，尚未上楼。

须臾间，楼上女子便没了声响，事有蹊跷，众人急忙朝楼上跑去，推开房门，只见两名护卫面如枯木，早被吸干精元而亡，那几个女子亦不知所踪。

古裕风道："恐是孤魂野鬼，化作妖女害人矣。"

篱染墨道："此地不宜久留。"

四人商议后，撇下护卫，重新走出客栈，准备星夜赶路，所幸那白马还在，四人重新上马星夜赶路，古裕风回头看了一眼客栈，客栈早已不见，只剩一破落茅屋，原来众人被女鬼迷惑了双眼矣。

四人星夜赶路，破晓时分方才来至万花谷，这万花谷四面环山，谷底常年开花，又有奇树长数丈之高，逢百年开花，逢百年结果，这果有奇效，延年益寿，不在话下。

众人来至万花谷，只见谷内人来人往，热闹非凡，篱染墨便问路人："敢问万花谷谷主何在？"

路人指着一处房屋道："谷主在那边。"

四人谢过路人，便往房屋走去，入得内堂，却见一老者手里拿着一朵奇花正在把玩，只见这花颜色鲜艳，有六朵花瓣，每一瓣颜色各异，绝非一般凡品。

古裕风上前道："前辈，敢问是万花谷谷主？"

老者看了一眼来人，笑道："正是，敢问何事？"

古裕风道："吾等受威震四方神远大将军所托，前往万花国，吾等初行，受人所托，来万花谷寻求治魂之法。"

万花谷谷主问道："何人需治魂？"

古裕风指着顾晨曦，道："此乃玉峰古城顾贾之女顾晨曦，被妖魔吸食元气，如今七魄只剩六魄矣。"

谷主打探了一番，叹气道："恐难。"

篱染墨焦急问道："为何难？"

谷主道："吾这原有千年古树，逢百年开花，逢百年结果，这果有奇效，若缺魂之人食之，当即回魂，更能延年益寿。只可惜，十年前，有一妖兽闯入山谷，此妖身形巨大，形似野猪，力大无穷，毛色暗黄，尖刺竖立，性格暴戾，众人阻拦不及，被这妖兽窜上树顶，将那尚未成熟之果全数食尽矣。"

篱染墨道："这当如何是好？"

谷主道："此妖唤作奴璘，不惧烈火，却惧寒冬，常年栖息在烈日山峰。吾这奇果不是一般果，逢百年开花，逢百年结果，生吃能延年，熟吃能益寿。此妖食了十个，定然不得消化，如有猛士诛杀此妖，从腹中取果，亦有起死回生之效。只是此妖凶残，一般人难以靠近，无奈矣。"说罢连连摇头。

众人面面相觑，不知如何是好。此刻篱染墨道："此奴璘定然不是一般妖物，但受人之托，当往烈日山峰，诛杀奴璘。"

谷主笑道："如此甚好，诸位皆是猛士，如去烈日山峰，多加小心，吾有妙丹三枚，食之不惧烈火，诸位可用之。"

说罢，将三枚丹药赠予四人，四人拜谢而回。

四人出得门外，复上白马，直奔烈日山峰，出万花谷再行十里路，入一密林，隔远便见一山峰，山体赤红，周围百米，寸草不生，山顶冒着腾腾热气，山下飘着袅袅白烟，此山峰，便是烈日山峰。

出得密林，篱染墨将白马递与顾晨曦，道："此地便是烈日山峰，女子不便前行，汝在此看马，吾等前去取丹。"遂留顾晨曦于密林。

虎蛮与古裕风、篱染墨服下"抗火丹"，便走入"烈日山峰"，只行了百米，便见一庞然大物趴在山脚下，毛发暗黄，长爪獠牙，一脸凶相，正是妖怪奴璘。

人来至山脚，那奴璘闻到人味，突然醒了过来，双眼一睁，着实吓人，那奴璘见人来，猛地跳起来，浑身毛发竖立，身体亦呈赤红色，怒吼一声，大地颤栗。

篱染墨见状，急忙抽出琉璃弓，抬手便射出一箭，那剑疾化作白光朝奴璘左眼射去，那奴璘却是不惧，一跃而起躲过剑疾，又挥舞利爪朝三人扑来，虎蛮戴上鸳鸯环，使出蛮力格挡，只听一声巨响，烟尘四起，三人皆被怪力轰退数十米。烟雾未散，那妖璘突然张开血盆大口朝篱染墨咬来，好妖兽，一口堪比洞天府，可吞百里山河来！

危急之时，古裕风使出"神机剑匣"，一式"剑劈山河"使数把飞剑刺向妖璘，那妖璘舍下篱染墨，一跃躲过数把飞剑。

这妖兽，灵敏狡猾，挥爪能使千金力，竖毛能挡万重山，着实难对付。古裕风三人不敢丝毫怠慢，各使出看家本领，缠斗数十回合，不分胜负。

又缠斗一阵，虎蛮找准时机，一记重拳轰中妖璘腹部，那妖璘吃疼，猛地大吼一声，被完全激怒。只见妖璘双脚怒蹬，两下跃上半山腰，那血盘巨口大张，猛地吐出一团烈火，这火不是一般火，乃赤练金晶火，能融世间万般物！

只见火势劈天盖地，三人躲无可躲，正不知所措，却见天边飞来一朵妙云，那云里落下倾盆海水，径直将火势扑灭了！只见那云里跳下一个人影，定睛一看，竟是净空！

净空使出"天罗地网诀"，随手挥出一道金光，那金光化作数道金丝朝着妖璘捆去，那妖璘避无可避，只得被金网捆住，无法动弹。

那金丝越收越紧，逼得那妖璘吐出一枚仙果，那仙果闪着白光，想必是谷主所说"回魂之果"。见此情景，净空即抛出"百妖册"，念动咒语，将那妖璘收了进去，只留地上一枚仙果。

话说，净空如何来至烈日山峰？这东海之水从何而来？

欲知后事如何，且听下回分解。

第五章 　鲲嗤巨蟒吞雨来
　　　　东海龙宫寻妖去

话说净空收服奻璘，得千年古树果，便与众人返回万花谷询问谷主使用之法。

路上，古裕风便问净空如何知晓他们前去烈日山峰，净空一一讲述，原来出得万花谷，净空亦恰好赶到万花谷，寻得谷主，方才知晓四人行踪，遂急急赶来。

又谈到林间一别，净空遂将往事一一讲述。

林间一别，净空独自来至浔阳县，却见大地龟裂，庄稼颗粒无收，行人面无表情，饥民倚墙而坐，一片人间炼狱景象。

净空行至一老者面前，问道："施主，敢问此处奈何这般景象？"

老者摇头道："浔阳一直土地肥沃，雨水充足，一日，忽然听雷鸣阵阵，浔阳湖湖水翻腾，之后，旱灾频发，干旱连年，庄稼无收，苦了老百姓矣，虽偶见乌云密布，偶闻雷雷阵阵，却是不见下雨，怪哉，怪哉。"

净空又问道："敢问这浔阳湖在何处？"

老者指着远处一山道："就在深山处，天然形成，湖水深不见底，不知通往何处矣。"

净空谢过老者，便往深山走去，行至山里，恰好遇见高空层层乌云密布，闻得雷声隐约响动，想必将降甘霖，净空不由得加快了脚步。又走了数百米，果见一深潭，潭水清澈，潭边冒着层层白雾，想必是那老者口中所言浔阳湖。

净空来至湖边，此时一声惊雷落下，白光闪过，那湖水突然躁动起来，不一会，天上下得毛毛细雨，那湖水真是怪异，突然冒出无数气泡，紧接着，一股旋涡急速升腾，随后一只巨蟒突然从湖水中窜了出来，直奔天际飞去，那巨蟒数丈有余，一双眼碧绿，獠牙尖长，此刻化作一股风飞向高空，巨口猛地一张，竟然将落下的雨水全然吞入腹中！

净空惊道："原来如此！那浔阳县原来不是不降雨，而是这雨中带有灵气，全然被这蛇妖吞噬矣！"

说罢，净空使出法术，腾云飞至半空，项上取下"如意金刚念珠"便大喝一声："妖孽！看吾今日收你！"言罢，数颗念珠飞出，化作道道金光朝那巨蟒轰去！

只听得几声巨响，那巨蟒被念珠击中，随即按下蛇头，怒目而视，口中更是猛然喷出数丈洪水，那洪水倾斜而下，铺天盖地，净空心中暗道："不好！这水若瀑布，恐殃及无辜。"情急之下，净空催动"百妖册"，半空之中出现巨大旋涡，将数丈洪水尽数收入。

那蛇妖喷完洪水，又在半空甩出巨尾朝净空袭来，净空收回百妖册，飞身念动"大罗金仙法咒"，使出"法相天地诀"，瞬间将法力笼罩全身抗住巨尾，那巨蟒凶悍无比，在那半空中与净空交手数十回合不分胜负。净空又使出"纵地金光诀"，瞬间一道金色屏障拔地而起，足足有数丈高，金光朝蛇妖环绕而来，蛇妖见状，摇身一摆，钻入湖底去了。

净空收回法力，望了一眼浔阳湖，遂携法宝跳入湖内。潜入湖内，发现湖内别有洞天，湖底有一处密道，不知通往何处。

净空穿过密道，竟然来至东海，那蛇妖原来是这东海之妖，如今又回这东海去了。净空本不擅御水之术，想到这蛇妖在海中必定法力更盛，再斗下去恐不得胜，便又朝密道返回湖内。

回之湖面，净空使搬山之术，将一巨石沉入海底，使那蛇妖不能返回，自此浔阳雨水连绵，颇有收成矣。

击败蛇妖，净空复从浔阳县行至大路，前往万花谷拜访谷主。来至万花谷寻得谷主，两人相谈甚欢，言间，谷主提起一行人问回魂之术，其指引往烈日山峰欲诛妏璘，净空知四人行踪，遂赶往烈日山峰相助。

净空架云至烈日山峰，恰好看见妏璘吞雾吐火，这火不是一般火，乃赤练金晶火，能融世间万般物，一般水治不得。情急之下，净空回想起浔阳县，与那蛇妖打斗，使用"百妖册"收得倾盆海水，想必那海水有万千灵力，恰好来治这赤练金晶火！

思索片刻，净空悟得收放之术，便架云至，使出"百妖册"放出倾盆海水，刹那间灭了奴璘之火。

相谈间，众人已行至万花谷，寻得谷主。谷主见"回魂之果"，喜道："诸位果真勇士也，只是此仙果不能即刻服用，需用秘法研制方可食用，诸位可于谷内歇息，待研制完成，老朽亲自送往。"言罢，将仙果拿入屋内，命人安排几人歇息，众人谢过谷主，各自返回。

翌日，谷主命人传信，约众人至药房。众人相约而至，却见谷主从内房拿出一丹药盒子，打开一看，却见一仙丹熠熠发光，谷主笑道："此仙果经我研磨成丹，服之，千金之疾可康复矣。"

顾晨曦欣喜地接过丹药，当众服之，果然身体轻盈，神清气爽。谷主道："魂魄齐矣。"

众人谢过谷主，走出药房，正欲商议前往万花国，却见路边一老者造弓，篱染墨道："顾千金如今痊愈，当学些武艺强身健体，吾看老者造弓，不妨买长弓，吾可教箭艺。"

顾晨曦笑道："对弓箭颇感兴趣，兄可略教一二。"篱染墨便买下弓箭。净空与古裕风商议，几人在万花谷歇息几日，再前往万花国，如此便由篱染墨教顾晨曦习箭。

在万花谷期间，篱染墨教导顾晨曦练习弓箭，本以为女子本弱，不承想顾晨曦天赋异禀，很快便收放自如。一箭可夺柳叶枝，一箭可穿铜钱眼，篱染墨不仅夸赞："如此天赋，登峰造极，指日可待。"

休整几日，净空、古裕风几人决定离开万花谷，前往万花国，临行前，众人前往万花谷谷主住处，准备拜别。

行至万花谷谷主住处，恰好见谷主正煎药，净空便上前，行礼道："小僧代一众谢过谷主，谷主救济沧海，实属功德无量，如今万花国遇难，不便久留，如此前来拜别。"

谷主急忙放下药罐，回道："哪里哪里，略尽绵力，略尽绵力……诸位前往万花国，务必小心，万花谷往前，皆是深山野林，道路曲折泥泞，实在不好行走，又常有丛林猛兽，需多加提防，吾唤一侍从，引一段路罢。"言罢，高声唤来一侍从。只见侍从穿一身蓝衣，两眼有神，走路如风。

谷主道："此侍从，唤千里凿，臂膀有力，可开山挖凿，腿脚利索，可步行百里，由其带路，安保无恙。"

净空谢过谷主，便让千里凿带路。千里凿指引一行人走出万花谷，骑上黑马，对净空道："万花谷往东，行不足十里，有烈日山峰，赤足不能行。万花谷往西，行不足十里，有一青竹林，传言有妖唤壑窳，拦食路人。万花谷往南，有河唤作大渡河，水妖常年兴风作浪，有船未必能过。万花谷往北，有一荆棘丛林，传闻有妖唤尖�，皮肤如铁石，满身是尖刺，无人能过矣。"

千里凿又道："要去万花国，要么往北，穿过荆棘丛林，便可到矣，可惜北面不通矣。要么往西，穿过青竹林，再经过神隐丛林，此地会经过一悬崖，唤作黑风崖，过了黑风崖，便是万花国国都矣。"

净空道："如此说来，便往西行。"

侍从点点头，骑马便走，众人皆上白马，随后而行。

千里凿引一行人穿过树林，行了一个时辰，果见一竹林，竹子高大，枝叶茂盛，更奇异的是，这竹林中央竟然铺了一条青石步道，远远望去，竹林深处还冒着缕缕青烟，宛若仙境。

千里凿指着竹林道："此处便是青竹林，吾引路至此，当回万花谷复命。"言罢，调转马头，扬尘而去。

净空谢过侍从，下马与众人行入青竹林，众人皆叹道："此青竹林，袅袅云烟，恰似仙境矣，哪里来的妖怪？"

净空却不语，这青竹林风景如何，奈何没有人家？正疑虑间，却见青石路前，有一处人家，一老妇正洗米做饭，见几人走来，那妇人起身热情道："几位官人，怕是路过青竹林？恰是缘分，恰是缘分，吾与先生久不见生人咦。"

言罢，那妇人放下米筛，快步前来抓住顾晨曦的手，一边往屋里拉扯，一边高声喊道："老头子哟，来了贵客！快出来接见哟。"

老妇喊完，一老者从屋里推开门，只见其白发长眉，胡须雪白，双眼有神，一身蓝布长衫，一双黑丁草履鞋，似饱读诗书模样。

老者见几人，笑脸盈盈，道："快快请进，快快请进。"

几人拗不过，便进得屋内，却见屋内整齐干净，一张八仙桌立于中央，八仙桌正前，立着祖宗神牌，神牌前此刻正点着香火。老者引众人坐下，笑道："诸位稍坐，饭菜热好就来。"

说罢，那老妇便转身出门去，只顷刻，那妇人便从门外端来数盘菜品，皆是珍稀佳肴。那老先生不知从何处变出美酒，往几人前面斟酒，老先生举着酒杯，笑吟吟道："老夫敬诸位一杯！"

净空看了一眼酒菜，摇头道："食不得，食不得。"

老先生道："入得厅门，是我宾客，不赏脸矣？"

虎蛮赶了一天路，早已饥肠辘辘，以为净空出家人，不食荤腥，自己伸手要拿，却被净空一把拦住。

虎蛮一脸疑惑，道："高僧这是为何？"

净空仍是摇头，道："食不得，食不得。"

那老者见状，脸颊通红，怒骂道："你这和尚，不识好歹！亏我老朽二人盛情款待，你净生幺蛾子！"

净空不语，只将"如意金刚念珠"往桌上一拍，只听"啪"的一声，整栋房子便开始地动山摇，顷刻间，仿佛斗转星移，整座房子开始慢慢腐烂，不一会便成了一座破庙。再一看，八仙桌上哪来的食物？餐盘皆是蛆虫，再看老先生，浑身冒出黑长毛发，双手变成长爪，定睛一看，原来是一只巨大鼹鼠！原来是鼹鼠成精！

再看门外那老妇人，早化作一只巨大野兽，浑身黄毛，猪面犬身，尾部通红，叫声吓人。这便是妖怪壑窳！

那鼹鼠精见法术败露，猛地喷出一股白烟，然后朝着庙外逃窜而去，众人反应不及，两妖身形一闪，便消失在密林中矣。

欲知后事如何，且听下回分解。

第六章　神隐丛林逢妖道
净空识破万般法

　　这青竹林，原来灵气逼人，引来两妖精到此修炼。二妖常年不遇生人，如今恰好碰见净空几人经过，妖性未改，又想起那吃人的勾当，便使幻术，变出美酒佳肴，被净空识破，便使法术遁走。

　　二妖遁走，净空见天色已晚，便道："天色已晚，既然妖物遁走，何不在此歇息一晚？"

　　虎蛮道："如此甚好，赶一天路，着实累人，虽然庙破，不至于无瓦遮顶。"说罢，几人收拾一下屋内，便挨着墙角歇息。

　　翌日，众人醒来，便收拾行囊继续赶路。众人出得了青竹林，往前行了一段路，便至一丛林，丛林尽是参天古树神，枝叶遮天蔽日，定然是神隐丛林。

　　众人牵马进入神隐丛林，只见古树环绕，四周阴暗无比，几人放慢脚步，缓缓前行，行一段路，远处突然传来一阵声响，不一会，一群黑鸦从树林深处飞出，过一会，又一阵吼声传来，众人驻足眺望，却见一庞然大物立于眼前。篱染墨定睛瞧去，却见不远处，一巨猿双足矗立，站于岩石之上。

看见巨猿，篱染墨顿时心头一紧，随手便抽出长弓，猛地拉弓射出一箭。那巨猿闪躲不及，胸口中了一箭。巨猿吃疼，猛地大吼一声，用巨爪拍断箭矢，又猛然跳落巨石，往丛林深处逃去也。

篱染墨告知众人："丛林深处有猛兽，方才射出一箭，中其前胸，诸位前行，务必小心谨慎。"众人应允，又继续前行，行一段路，却见一参天大树，树前有一青岩石，宽数十米，表面光滑。

众人赶路多时，见青岩石，便商议在岩石上歇息一阵。众人方才坐下，却见树林内阴风四起，四周落叶纷飞，古裕风顿感不妙，起身立起神机剑匣，抬首眺望，却见一灰袍道士，手持一白色拂尘，脚步若风，一脸嬉笑往这边走来。

见那道士走来，古裕风忙上去问道："道长，丛林凶险，敢问何去？"

那道士挤眉弄眼一会，笑道："贫道乃五行山道士，修炼数十载，今下山历练，经过一青竹林，见一妖怪成精，遂设法收服，不承想这二妖道行不浅，破我法器，逃窜而去，吾一路追踪至此，方才遇到诸位。"

古裕风行礼道："原来如此。"

那道士挤眉弄眼朝岩石走去，边走边道："诸位可见妖怪？"

虎蛮道："却见得一巨猿，高大无比。"

道士点点头，道："那妖擅使幻术，变得巨猿不出奇。"

待靠近岩石，那道士突然嘿嘿一笑，从怀中掏出一把金粉，猛地一撒，随即化作一阵白烟消散，再看那树上，不知何时蹲着一只巨大鼹鼠，那鼹鼠见道士得手，忽地抛出一张巨网，朝众人罩去。

原来，青竹林逃走那二妖，被净空识破障眼法，心中愤愤不平，又想着吃人的勾当，便一路悄然尾随，见这丛林阴风四起，下手定是时机，便由壑窳化作道士，鼹鼠精藏匿树顶，时机一到便撒出金粉化作幻境，鼹鼠精抛出巨网困住众人。

金粉散开，众人眼前便漆黑一片，见不得半点星光，天空中更是无故出现一张巨网笼罩而来，古裕风急忙催动神机剑匣，数道利剑朝巨网轰去，到了半空却纷纷坠落，篱染墨拿过琉璃弓，朝天射出一箭，亦是软绵无比，仅仅数秒，众人法力皆失。不一会，巨网便将众人罩住。

巨网落下，二妖以为得手，便现出原形。

鼹鼠精恭维道："以为这几人不易对付，还是不敌汝之法器也。"

壑窳笑道："多亏鼠兄相助也。"又咬牙切齿道："今晚定食那秃驴皮肉，弃其筋骨，食其五脏，弃其六腑，生死不能让其好过！"

二妖正得意间，巨网处突然传来一声巨响，只听得"嘭"的一声，巨网碎成一团，净空和尚手持念珠，从烟雾处走出，其余人仍昏睡地上。二妖震惊，那网不是一般网，乃五行观内神仙器，五道六士造此网，授于观内自在功，化作弟子诚焚香，方得星罗布网诀。如今却被净空破解了！

壑窊咬牙切齿，隔空变出一道纸符，口中念叨咒语，不一会儿，四周便燃起熊熊烈火，二妖顺势爬到树上，任那烈火蔓延。

净空看了一眼火海，微微一笑，随手一挥，便化作一阵妙风，熊熊烈火瞬间熄灭。

壑窊在树上看着，惊道："不得了，这和尚识破我法！"

那鼹鼠精亦叫道："如何是好！"

壑窊道："逃也去吧！"

二妖嘀咕间，净空已凭空画出符咒，只见天空冒出滚滚天雷，二妖只道一声"不好！"，却见空中降下两道天雷，正中二妖，只一下，鼹鼠精便毙命于天雷。

鼹鼠精尸首从树上掉落，已成黑炭，那壑窊却是奸诈，用幻术化成树枝，趁净空不注意，从树上逃窜逃去也。净空见众人被妖术迷惑，不便追去，便回至青岩石，解除障眼法，打坐歇息，静候众人醒来。

说回那壑窊，急匆匆窜出丛林，仍胆战心惊，想到净空和尚那无边法力催动滚滚天雷，心中不免一阵后怕。但壑窳此妖，心胸狭隘，不一会又气愤道："这死秃驴，三番四次坏我好事！如今我不是你对手，且去万妖祠求助，定报今日之仇！"说罢，便喷出一道白烟，往万妖祠遁去了。

传闻这万妖祠，乃百妖之始，足有千年渊源，原是十方居民念妙莲仙子下凡幻形救苦救难感恩戴德所造宗祠。后因妙莲仙子动了凡心，受上苍责罚，降下天雷重伤仙子，又将仙体封于祠中。日久天长，仙子渐生怨气，又受山精野怪蛊惑，终成妖后。百妖以万妖祠为尊，盘踞百里，祸乱凡间。

净空一行人与万妖祠之渊源，乃是后话。说回净空一行人，净空使出雷法将鼷鼠精消灭，便于岩石上打坐歇息，一直到傍晚，古裕风一众才浑浑噩噩醒来。虎蛮摸着脑袋，迷糊道："方才见巨网袭来，此般莫不是到阴曹地府去了？呀，却是死得不明不白矣。"

古裕风摇摇头，又看了一眼四周，见净空仍在打坐，便道："别瞎说，你看四周，仍是密林，遍地皆是断绳，想必是净空破了障眼法。"

众人看向地面，果然是断绳，顾晨曦仔细打量一下四周，却是"呀"地大叫一声，原来是看见鼷鼠精的尸首，被吓了一跳。

净空睁开双眼，微微笑道："初见那道人，感觉不妙，便留个心眼，皆是障眼法，不足挂齿。"

篱染墨道："幸得净空识破万般法，如今天将黑，还是赶路要紧。"

一行人应允，便急匆匆收拾行囊，随后往黑风崖方向赶去。行数里路，果然出得神隐丛林，此刻天色已晚，只见眼前出现一处断崖，崖上立一座孤寺，寺高数十丈，似铁塔模样，中间全无灯光，唯独塔尖上，亮一盏明灯。

古裕风望见孤寺，便道："如此看来，此处定是黑风崖了。瞧见远处，有一座铁塔孤寺，此时天色已晚，不如往寺庙暂住一宿。"

众人应允，便走上黑风崖，往铁塔孤寺走去了。不一会，众人来至寺庙前，却见寺庙面前，两扇红漆铁门紧紧锁着，门上立着一块巨大牌匾，牌匾上刻着"黑风寺"三个大字。

古裕风往前去敲门，只听"铛铛铛"敲了三下，却无人应答。虎蛮又上前，用力拍打大门，又听"铛铛铛"三下巨响，仍无人应答，虎蛮便高声喊道："庙里可有人乎？"

虎蛮声音洪亮，却是将塔顶两只小妖吓醒了。原来此寺早已荒废，仅剩"哼哧"、"咻哼"两只小妖。这两小妖，一只手上戴了枷锁，一只脚上扣了镣铐。二妖起身，想起数十年前，二妖假扮船夫，偷摸吃些过河的人，恰逢雨季，遇到一高僧渡河，被识破法术，逃窜不得，只得苦苦哀求。高僧念其诚心，便给上了枷锁、镣铐，告诫其于黑风崖黑风寺塔顶，诚心日日点灯，感念上苍，有缘人将卸其枷锁，自此好生修炼，将成正果。听此言，二妖果真夜夜来此点灯，一晃便已过数十载。

哼哧被虎蛮吵醒，想起往事，愤愤不平，道："听那和尚言，兄弟二人困于此寺多少年？焚香斋戒，夜夜点天灯，哪来的菩萨显灵？"

哧哼道："唉，如今被上了枷锁，奈何去？幸也，早些年还有些僧侣念经诵佛，还要悄摸摸爬上塔顶点灯，如今此寺荒芜，就剩我们兄弟也。"

那哼哧又道："方才听闻声响，不知何事也？"

哧哼从塔尖探出头去，望见古裕风一行人，惊道："呀！寺下貌似一行赶路人！"

那哼哧亦探出脑袋来，道："果真！"

两妖又回至塔内，面面相觑，不知如何是好。那哼哧挠了挠脑袋，说道："这枷锁上了法力，不如让赶路人，帮咱们摘了去！"

哧哼道："如何敢？"

哼哧道："那高僧不是让咱们等得有缘人？此番便是缘也！"

哧哼道："如何办？"

那哼哧便对哧哼耳语一番，随即二妖收拾一番，往塔下窜去也。

欲知后事如何，且听下回分解。

第七章　黑风寺塔顶偷灯
黑风崖月下捉妖

　　净空一行人行至黑风寺，却见四下无人，古裕风敲门无应，虎蛮深呼一口气，正欲破门而入，恰是此时，两扇铁门"吱呀"一声开了。

　　众人正在诧异，却见两只小妖，一只手上戴了枷锁，一只脚上套了镣铐，二妖穿两件旧道袍，正一左一右扶着两扇铁门。二妖身形矮小，青头灰脸，手臂细长，脚趾尖细，一张嘴敦厚，一双眼溜圆。

　　小妖扫了一眼众人，开口道："吾乃黑风寺守塔小妖，唤作哧哼，吾兄唤作哼哧，受长老戒律，在此点灯修行数十载。汝等可是赶路人？"

　　虎蛮惊道："不曾想，这黑风寺竟有妖精修行？"

　　哼哧嗔怒道："壮士不可妄言，兄弟二人早已皈依！"

　　净空笑道："善哉，五虫向善，亦成正果。只是黑风寺，如今不闻香火，只见塔顶一盏琉璃灯，是何缘故？"

　　哧哼叹气道："此地原来香火鼎盛，百姓不远千里，专门来此供奉。不知哪一年，发了一场瘟疫，百姓皆说，常见一黑翅灰鳞妖怪，盘踞塔顶，百姓以为瘟疫由此来，自此不敢上崖。香火凋零，僧侣逐渐散去也，唯吾兄弟二人，信守承诺，点灯至今。"

二妖一边说着，一边引众人进入塔内。塔内虽年久失修，所幸二妖平时打理，倒还干净。哼哧二妖将灯火点亮，又引几人进入禅房。

哼哧道："诸位今夜便在禅房内歇息吧！"说罢，二妖又寻来桌椅，摆了一些干粮，给予众人充饥。

摆弄好一切，哧哼眼珠一转，望向众人道："诸位侠士，可是安顿下来也……吾弟兄二人，却是有一事相求……"

古裕风应道："何事？"

哼哧道："吾师曾让弟兄戒律，亲自上了枷锁镣铐，告诫吾等勤修佛法，待有缘人至，解吾枷锁。吾万万不敢相忘，数十载辛苦点灯，终是盼得诸位，可否助吾解这枷锁？感恩戴德，不敢相忘！"

哧哼亦道："感恩戴德，不敢相忘！"说罢，二妖齐齐跪地便拜。

虎蛮道："妖精的话，难辨真假，怎敢信矣？"

众人皆沉默不语，二妖拜得更是用力，直将额头磕出包来，净空方才摆手道："可也，可也，这枷锁早已无甚法力，只是汝等受了惊吓，不敢取也。"

二妖听罢，猛地起身，用力一试，枷锁镣铐果真断也，二妖欣喜，拜谢而去。随后，二妖回至塔顶，又窃窃私语。

哼唬道："被那和尚骗矣！兄啊，苦了这数十载！今后不再点灯吧！"

唬哼道："弟呀！你可知那灯是什么？此灯乃镇寺之宝，不然那和尚会让咱们来点？此灯唤作八宝灯，乃天罡赤铜造灯壁，地支玄铁造灯盏，千年莲心成灯芯，百年深鲸练成油。灯盏刻百尊佛像，灯壁刻数朵妙莲，得道高僧诵经文，此灯守塔千余年，不受风吹或雨打。"

哼唬喜道："原来如此！原来如此！怪不得让吾点灯，连那香油皆是宝贝矣！"

那哼唬点头应声"喏"，那哼唬眼珠转了一圈，又道："兄呀！如今枷锁已除，何必受这劳役之苦？不如咱们取那八宝灯，如此遁去，岂不快哉？"

哼唬瞪大眼睛，惊道："那八宝灯乃是宝物，妖邪不侵，哪敢取也？"

唬哼道："方才那和尚且说，枷锁不伤吾身，咱们夜夜点灯，即便宝物也与咱们亲近，且取来试试！"

说罢，哼唬便领着哼唬上至塔顶，只见八宝灯金光烁烁，哼唬迫不及待，一口吹熄灯火，随手拿布裹住八宝灯，两只手轻轻一拎，那灯果真拿起。二妖惊喜，叫道："得此宝贝矣！得此宝贝矣！"

原来这二妖于寺庙内修行数十载，身上已无甚妖性，所以八宝灯伤不得矣，只是这二妖浑不知晓，只以为得了宝物，欢庆鼓舞。

二妖正得意间，四周忽地狂风大起，只刮得二妖闭目捂眼。且见不远处，一黑翅灰鳞妖怪，挥动翅膀，往黑风寺塔顶快速飞来，风未静，影已至，那妖飞至塔顶，把二妖吓了一跳，连连跪拜。

只见那妖浑身灰色鳞甲，一双尖长翅膀，脚趾粗大，指甲粗长，相貌丑陋，形态吓人。二小妖吓得连连扣头道："大王饶命！大王饶命！小的被捉拿至此，绝无投靠佛家之意！"

二妖一边说着，一边急急脱下道袍。

巨妖并未理会二妖。径直朝八宝灯走去。恰是此时，篱染墨见妖风大作，亦寻至塔顶，却见巨妖，心头一惊，抬手便射出一箭。

只听"呼"的一声，利箭如风，那巨妖却是敏捷，身形一闪便躲过利箭。巨妖无心恋战，挥手抓向八宝灯，哪知八宝灯突然射出一道金光来，巨妖抵挡不及，伤及臂膀。篱染墨见状，又抽出利箭，正欲拉弓，那巨妖猛地一跃，来至篱染墨跟前。巨妖伸出巨爪掐住篱染墨，口中更是喷出一股黑气，篱染墨躲闪不及，口中吸入黑气，转眼间整个人便失了知觉，巨妖松开巨爪，篱染墨便瘫倒于地。

此时，古裕风、净空等人听闻声响，亦朝塔顶寻来。那巨妖见人来，振翅一挥，便飞走矣。

众人来至塔顶，却见二小妖脱了道袍，篱染墨昏迷不醒，以为是二妖加害。

虎蛮暴怒不已，唤来鸳鸯环便使开山之力，二妖胆颤心惊，一骨碌爬起，使出法术，往塔下踏云便逃。虎蛮哪里肯饶？便叫古裕风唤来飞剑，二人踏剑便追。

二妖纵云逃窜数十里，见一大河，便下云，变出一叶扁舟。二妖下舟，四顾无人，以为逃脱，正松一口气，身后突然闪出两柄飞剑，二妖惊愕间闪躲不及，被两剑砍去头颅，鲜血直流，整座小舟翻倒，二妖尸首皆沉于大河也。

古裕风与虎蛮追至岸边，见二妖被斩，又折返回黑风寺。

虎蛮回至黑风寺，却见篱染墨已经醒来。

众人问及塔顶之事，篱染墨摇摇头，道："吾当时正欲入睡，却见狂风大作，一巨大黑影从窗前闪过。吾急忙起身，寻得弓箭来至塔顶，却见二小妖脱了道袍，将塔顶的八宝灯取了下来，一巨妖正欲取灯，吾便射出一箭，被那妖躲开，又飞身将我打晕，后面不知矣。"

净空道："八宝灯乃佛家至宝，乃天罡赤铜造灯壁，地支玄铁造灯盏，千年莲心成灯芯，百年深鲸练成油。镇守此塔，年岁久矣，此番，恐怕那恶妖是为此宝而来。"

顾晨曦道:"幸也,我等及时赶来,八宝灯尚在。"说罢,将塔顶捡起的八宝灯放于桌上。

净空叹气道:"如今黑风寺无甚香火,此灯放此恐邪魔侵扰,由我等暂且保管罢。"

众人应允,便由古裕风寻了一布袋,暂且放置八宝灯。夜色朦胧,众人且在黑风寺歇息一晚,一夜无事。

翌日,众人于黑风寺门前汇合,携行囊继续赶路。

众人绕过黑风崖,行一段小路,果真见一条大道,又往大道行数百米,却见一人牵着一匹白马正悠闲散步,众人快步走上前,欲问前方去路,却见此人面熟。

古裕风定睛打量,却见此人乃大渡河赠马之士,遂喜道:"兄台!可记得吾?"

那人停下脚步,亦喜道:"竟是汝等!"

男子正是九天真传卜算真人弟子,唤作白尘,众人停步,遂相互介绍一番。

古裕风问道:"兄台大渡河一别,久未相见,此番是去何处?"

白尘道:"大渡河一别,欲回师门。恰逢雨天,道听途说,万花国创立问鼎阁,招募奇人异士。赏赐颇丰,好奇心使然,往万花国去也。"

古裕风笑道:"妙也,妙也,吾等亦是去往万花国,只是不知，何时到了问鼎阁也？兄台可识路？"

白尘指着前方道："不远矣，不远矣，往前一里路便到。"

说罢，白尘唤顾晨曦上马，道："女子不便多行，快快上马来。"顾晨曦拗不过，便上马来，众人牵马又行数百米，果真见眼前围墙高筑，围墙中间乃一扇巨大城门，城门上刻大字三个，乃"万花国"也。

众人快步行至万花国，两个护卫身穿甲胄，拦住去路。一护卫高声道："此万花国界也，因风铃城瘟疫，外人不得入内。"

净空合手道："城卫安好，吾等乃中原国人士，受万花国邀约，前来探查风铃城一事，吾等受通关文书而至，还望准予通行。"说罢，净空将通关文书递与护卫。

二护卫接过文书，验明真伪，遂拱手道："原是国师所托，还望恕罪！城里请！"

随即，二护卫示意兵卒大开城门，众人方入得万花国。

入得万花国，只见酒楼高朋满座，路上车水马龙，商人络绎不绝，行人熙熙攘攘，一片繁华景象。

古裕风不禁叹道："以为中原国繁荣，不曾想，此处胜似世外桃源。"

众人往前行百米，见一宫殿金雕玉琢，两边护卫甲胄光鲜，站立整齐，想必是万花国国都，几人便手持文书，往宫殿内走去。

欲知后事如何，且听下回分解。

第八章 万花国摆龙门阵
问鼎阁小试牛刀

众人至万花国，大殿外，净空递上通关文书，说明来龙去脉，一护卫应声："喏。"便去传话。

不一会，一头戴银盔，身穿白甲，腰携佩剑年轻将军至。

小将军作揖道："吾等久候，吾乃卫将军青龙，由吾引诸位入殿。"

说罢，青龙小将军便引众人入大殿。大殿内，只见文武百官位居左右，一道红毯铺于中间，四根通天大柱立于东南西北，一张王座设于乾坤首位，两扇纯金凤凰屏风立在皇座之后。

众人行于红毯中间，抬首望去，却见一艳丽女子，一脸威严坐于皇座之上。

文武百官前，左右皆站一人，不知是何来历。

净空一行人，行至殿前，停下脚步，行礼道："吾等乃中原国人士，受吾王命，前来万花国相助，不知贵国如今形势如何？"

女子起身道："诸位此行艰苦，吾乃万花国主，唤彤玲皇后。吾国历来由女子传承皇位，诸位莫显拘谨。吾左为万花国国师仲达，吾右为万花国护法炎龙，为我国重臣矣，本国大小事，由此二人决策。"

彤玲皇后言罢，复坐于皇位，国师转身行礼道："诸位辛苦，吾国往前三十里外，乃一座小城，唤风铃城。此城民风淳朴，历来风调雨顺，前段时间突发瘟疫，整座城如黑风笼罩，派遣密探前往，皆无了音讯。"

炎龙道："数日前，早朝期间，城卫来报，一密探伤痕累累，昏迷于城门前。送至医馆奄奄一息，说风铃城遇见妖物。该密探言语间，气息微弱，最终不治。为此，吾国创立问鼎阁，数日来招募异士，以备不时之需。"

彤玲皇后道："久闻中原国力强盛，人才辈出，如今诸位至此，我国之幸也。今日至此，舟车劳顿，汝等且好好歇息，休养静好，可愿前往风铃城矣？"

净空道："吾等为此而来，自当前往。"

彤玲皇后喜道："如此甚好！"

遂命左右安排厢房，一众官人便引众人安顿而去。

翌日，古裕风推开房门，却见几名护卫候于门前。

护卫行礼道："国师传令，让吾等在此等候，言问鼎阁初创，不知民间异人几何，请诸位勇士前去问鼎阁观摩。"

闻言，古裕风便穿戴整齐，携带剑匣与众护卫前往问鼎阁。

行数百米，却见一处楼阁，正中央立一牌匾，上书"问鼎阁"三个大字。问鼎阁，以圆形圈地百米，全用圆木堆砌。一共两层，中间设一处入口，入口两边设两处阶梯。问鼎阁一层，中间设一处"论法台"，两边设兵器库，其余为厢房。问鼎阁二层，正中间设一处"观望台"，四周为厢房。

行至问鼎阁，却见论武台四周站百名异士，国师仲达及净空一行人已在问鼎阁二层"观望台"，古裕风便随护卫行至二层"观望台"。

见古裕风至，国师便笑道："问鼎阁数日来，招募奇人异士无数，今唤诸位前来观摩，还望指点一二。"言罢，国师使了个眼色，便让手下前去通报。

不一会，楼下一侍卫便高声道："国师令诸位能士，略显神通。"

话音刚落，便有一壮士跳上论武台，此人壮硕，穿一短袖布衣。壮士喊士兵搬来石板，足足十余块，每块堆叠，足有半米来高。那壮士摆好架势，只听"喝"的一声，一掌轰下，数块巨石应声断裂！台下众人连连喝彩，那壮士兴高采烈，双手抱拳走下论法台。

士兵搬走碎石，又一长胡须老道跳上论武台，老道穿一身蓝道袍，手握拂尘，只见其朝众人微微鞠躬，随后一跨步，左手一挥，嘴里竟吐出一团火来，台下人惊愕数秒，随即掌声雷动，纷纷叫好！那道士又一挥手，猛地吸气，再一挥手，吐出一团白雾，惹得台下掌声连连。那道士又刷了几下拂尘，方从论法台下来。

随后，又几名能人略显神通。

国师微微点头，对古裕风一众道："传言中原国人才济济，诸位定是有过硬本领，不如在此略显神通，也方便日后传教。"

几人不便推托，便由虎蛮及古裕风前往论法台，净空一众在二层观看。

行至论法台，虎蛮让众士卒搬来石板，层层堆叠，直至垒成小山，虎蛮方才走上前去。此堆石板，足足是之前两倍之厚！

只见虎蛮双脚稳扎马步，右手握拳，猛地一击落下，只听"轰"的一声，石板应声断裂！众异士愕然，随后齐声喝彩。

国师在二楼拍掌笑道："奇人也，奇人也，如此堆垒石板，非乱神怪力不能破也！"

旋即，古裕风走上论法台，双掌合十，数柄飞剑便悄然飞出，数柄飞剑盘旋半空，划出道道剑影，众异士又拍手称奇，古裕风又耍了一会飞剑，方才走下论武台。

国师见二者神力，连连赞许道："可也，可也，中原果真人才辈出！吾国久不修道法，却是荒废矣。"

净空闻言道："国师不可妄自菲薄，问鼎阁藏龙卧虎，方才不过小试牛刀，若借此机缘，推行心法，日后定成正果。"

国师笑道："如此甚好，如此甚好。"

言语间，却见天边渐成乌云，不时将有雨，国师便道："不时将有雨，诸位且回房歇息吧。"

净空道："如此也好，今日整理行装，明日便可去往风铃城。"

言闭，众人皆回至厢房整理行装。

星夜，篱染墨猛然从梦中惊醒，却见一漆黑妖怪站在床前，篱染墨尚未反应过来，那黑妖怪便化作一团黑雾，从五孔中钻进篱染墨身躯。篱染墨浑身动弹不得，意识渐渐模糊，再睁眼时，瞳孔亦变得赤红。只见篱染墨悄悄爬起身，寻来夜行衣，穿上便爬出房外。

一道黑影在皇宫内穿行，不一会便至古裕风房顶。黑影揭开红瓦，窥得房内包裹，旋即飞身入屋。古裕风长年修行，五感敏捷，听得屋内动静，旋即翻起身。却见黑影偷得包裹，正欲出门，古裕风哪里肯饶？旋即催动剑匣，使出数柄飞剑朝黑衣人袭去。那黑衣人摸出短刀挡下，又翻身走出屋外，古裕风紧追不舍，又使出数柄飞剑追击，黑衣人亦挥刀相迎。二人缠斗间，那黑衣人不慎被飞剑划破面纱，古裕风一眼望去，来者竟似篱染墨！

那黑影被划破面纱，不再缠斗，从袖中飞出袖箭，急匆匆跳走。

古裕风亦不再追，收回飞剑，走回屋内查看，却见净空、白尘、顾晨曦等人听闻打斗声，皆寻至此处。

众人问缘故，古裕风便道："半夜遇黑夜人潜入房内，不知盗窃何物，此人似篱染墨矣。"

回房探之，却见黑风崖收的宝物八宝灯不见矣。

净空道："想必因八宝灯而来，此灯乃佛家至宝，只恐落入歹人之手。"

此时虎蛮姗姗来迟，与其同行还有万花国护法炎龙。

虎蛮道："方才经过篱染墨房间，却不见其踪迹也。"

古裕风道："如此看来，黑衣人是篱染墨也。"

炎龙问道："可知黑影去向何处？"

古裕风指了指西边，道："往西去也！"

炎龙道："西边乃风铃城也！小兄弟莫不是入了魔道？"

净空叹息道："尚未可知，事发突然，如今唯尽快去往风铃城一探究竟。"

言罢，净空又转身对白尘道："有一事需拜托白尘兄弟。此行凶险，女子本弱，不便前行。如今顾千金怪疾已愈，由白尘兄弟护送至玉峰古城罢。"

顾晨曦本是女儿身，前去风铃城定然凶险，白尘思索一番，点头应允。众人便商议即刻动身前往风铃城，幸得炎龙寻来快马，众人便留下白尘及顾晨曦，往风铃城驰骋而去。

见众人离去吗，白尘便牵来白马，道："顾小姐快快收拾行囊，与我回去吧。"

顾晨曦低头不语，顷刻又掩面而泣道："吾近日求艺于染墨，虽未正式为师，却朝夕相处，有授业之恩。如今，其生死未卜，吾等一走了之，心难安也。"

白尘点点头，道："小姐言之有理，眼下该当如何？"

顾晨曦道："不如骑此马，去往风铃城，且看事态如何。此马乃良马，若遇急事，亦能全身而退也。"

白尘思索片刻，道："风铃城一事，确实蹊跷。如此便与小姐走一趟吧。"

言罢，二人复上马，朝风铃城赶去。

再说净空、古裕风一行人，骑快马朝风铃城快速奔去。行约十里，遇三岔道口，天色已晚，众人不知方向，却见一老者挑两个竹筐行来，古裕风便上前询问："前辈，可知风铃如何走？"

那老者抬头看了一眼众人，笑道："当然晓得，当然晓得，吾本是风铃城人士，娶了河东妻子，久不曾去也。呐，往右边道，行十余里即到。"

众人谢过老者，便朝风铃城继续赶路。

奔走十余里，果见一城，城门破败，柳叶迎风落叶，云层黑气弥漫，天空飞鸦盘旋。众人下马步入风铃城，却见街上了无生机，又前行百米，遇一河道，河内黑水流淌，中间有一渡桥。定睛瞧去，却见两小妖一前一后抬着一具尸体，正欲过桥。

虎蛮却是着急，大喊一声："嘿！哪里来的妖祟？吃俺爷爷一拳！"

那两小妖吓了一惊，却见虎蛮凶神恶煞，早吓得魂飞魄散，撒手便逃。

欲知后事如何，且听下回分解。

第九章　开元地宫寻妖迹　净空被困锁仙阵

说到风铃城，两只巡城小妖，悠哉悠哉在城内走着。

此二妖，一只唤作鬓浜，一只唤作浜鬓，原是山里妖怪，势单力薄加入群妖，又安排了巡岗的差事。今日无事，二妖手持钢叉巡至渡河，却见一人倒于河边。二妖行至河边，却见此人已无生气。

鬓浜道："不幸也，不幸也，此城有瘟疫，无活人矣。"

浜鬓道："不幸也，不幸也，此人不能活，吾等埋了去吧，大王巡城时，也见得干净些。"

鬓浜应允，二妖便将钢叉悬挂后背，一前一后抬起尸首，往河对面走去。正行一半，不知哪里突然跳出一个大汉，大喝一声："嘿！哪里来的妖祟！吃爷爷一拳！"

二妖看一眼，只见来人身材魁梧，凶神恶煞，足足一杀神模样，二妖哪里见过这等狠人，吓得急忙甩下尸首，跌跌撞撞便逃。一边逃还一边喊："吓煞妖也！吓煞妖也！"

见二妖逃窜，断定害人，虎蛮哪里肯饶？跨步便追。净空等人见状，亦紧跟其后。

这二妖，脚下功夫了的，又熟悉道路，不一会儿便逃至后山，虎蛮紧追其后，却见两小妖搬弄一块花岗石。那花岗石足有十尺余长，二小妖搬弄了一会，花岗石中竟然喷出一股烟雾，虎蛮追上前来，却不见了二小妖踪迹，甚是怪也。

净空等人骑马赶来，却见石头上刻两行大字"开元地宫瑰宝，万妖之祠重地"。

见众人赶来，虎蛮转身道："方才还见小妖搬弄石头，弄出一股烟来，待吾赶来，却不见小妖矣。"

古裕风看了一眼石头上，竟刻了两行大字，便索性读了出来："开元地宫瑰宝，万妖之祠重地。难道这石头下面有乾坤？"

净空点头道："如此看来，这石头下方，乃是开元地宫也，开元地宫下，镇压一处宗祠，乃妙莲仙子得道之所，如今却唤作了万妖祠。"

虎蛮敲了敲巨石，道："不然，便让我击碎巨石，看看是否有通道也。"

说罢，虎蛮聚神聚力，朝着巨石便轰出一拳，只一拳，林间狂风起，飞叶舞，千斤力，足撼山。然而一拳击在石头上，四周却悄然静止，巨石纹丝不动，虎蛮的千斤巨力瞬间卸掉。

虎蛮一脸不可置信，道："怪也！怪也！我这一击，全然不动也！"

古裕风道："此巨石不是一般石，任尔乱神怪力不可撼动，方才看见小妖进去，应是有甚机关，待吾细看。"

说罢，古裕风走上前，仔细瞧了一会，又用手掌击打石面，却听得水涛般回音，古裕风笑了笑，说道："怪不得虎兄拳劲如同石沉大海，此石头仿佛波涛，任尔千金力，敲击水面又有何用？"

虎蛮不悦道："净说些没用的，可想想怎进得去？"

古裕风问道："虎兄可想一想，这二妖如何进去的？是否触了什么机关？"

虎蛮摇摇头道："机关倒是不曾见得，倒是见那两小妖蹲着身子，好似打转般走了一圈。"

古裕风若有所思，俯下身子看了一眼，又用手绕着石头底部敲击一圈，敲着敲着，突然触碰到柔软的一部分，只听巨石"轰隆"一声，竟然从右边移动开来，原先的地方果真露出一处深不见底洞穴。

古裕风笑道："果真也！此处藏有地洞！"

众人探头望去，却见空口下面，是一条整齐的石梯，此石梯一直延伸至地宫之下。

古裕风道："小妖应是顺此道去也，说来追寻黑衣人至此，说不定，能在此地宫一探究竟。"

炎龙道："尚不知此地宫藏有什么妖魔鬼怪。"

虎蛮笑道："怕什么妖魔鬼怪，有爷爷在此，定叫他灰飞烟灭。"

净空严肃道："不可小觑，需小心谨慎。"

言罢，四人顺着阶梯便进入地宫，行了百阶，终于行至地宫底部，却见这地宫四周明晃晃，不知点了多少盏明灯，静悄悄哪有半点人气？

地宫庞大，四人往前走了百米仍不见底，又走百米，却见一阵月光从高空射下。众人驻足探之，却见远处悬挂一副水晶棺木，棺木上缠绕九条粗大玄铁铁链，铁链连接四壁径直将棺木吊起，棺木顶部，仍有一处狭小洞口照进月光。月光正好映在水晶棺木上方，赫赫然映出水晶棺木上雕刻的四个大字："妙莲仙子"。

虎蛮啧啧称奇："好大的棺材！"

净空却是眉头紧锁，一阵不安涌上心头，道："此处乃宗祠之地，不见庙宇，似有鬼斧神工改造一番。"

正言间，却见鬓浜、浜鬓二小妖拿着钢叉从角落跑出来，喊道："是也！是也！正是此人！追吾等至此！"

这开元地宫四周，原本潜卧诸多妖怪，鬓浜二妖言语间，却是把众妖吵醒。只见那地宫南方，一身形巨大，豹头蛇身，尖嘴獠牙巨妖，唤嚣琨，引数十妖众，张嘴吐舌，往四人围来。只见那北方，一鹰头虎驱，两翅巨长，两眼冒光之妖，唤蛊雕，引数十妖众，往四人行来。只见那西方，一身长八尺，形似巨蝎，满身黑甲，口吐信舌之妖，唤天火蝎，引数十妖众，往四人走来。只见那东方，一身长十尺，身形似虫，浑身赤红之妖，唤九钩虫，引数十妖众，往四人绕来。

又有东南、西南、东北、西北各数十小妖，其中便有鬼兽、螯疯等。

炎龙哪里见过此等场面，纵使久经沙场，一时间双手不止地发抖，竟是连随身佩刀你都拔不出来。

净空脸色一沉，道："妖气弥漫，凶多吉少矣！"言罢，手中手中"如意金刚念珠"猛地一掷，大战一触即发，金光骤起，念珠四散，众妖却是不惧，身形巨大的直接挡下，腹中坚硬的，直接吃下。

诸妖各显神通，欲吞杀四人。

几个小妖跑得快，拿着刀枪剑戟便杀到身前，虎戴上鸳鸯环，与数妖战在一块，古裕风唤出飞剑，与数妖斗在一处，奈何妖怪众多，众人接连后退，炎龙见状，亦不再含糊，拔出腰间"斩月飞刀"与众妖战在一处，此刀不是一般刀，乃开国御赐刀，上能斩敌首，下能诛惘臣，手握此刀与妖怪厮杀亦不惧，只是奈何，如今捅了妖怪窝，终是寡不敌众。

净空接连使出"大罗金仙掌诀"、"万纵金光诀"，一时间，诛妖竟近不得身，正在酣战，地宫顶部突然传来一阵巨响。

只听"轰"的一声巨响，一黑翅巨妖穿破洞穴，飞落地宫。

一瞬间，月光从破开的洞穴中照亮四周。

巨妖落下，净空定晴一看，暗自吃了一惊，原来识得此妖！

此妖正此前在灵隐寺偷吃贡品之妖。此妖唤作鸷狄，一身灰色鳞甲，刀枪不进，一双黑翅百斤重，一双利爪无人敌。鸷狄不仅凶恶，更是狡诈，如此之妖却在万妖祠出现，凶险矣。

净空看向恶妖鸷狄，暗暗催动法力，道道金光聚起，正是此时，一道黑影闪过，众人尚未反应过来，黑影已经按动地宫机关，只消片刻，地宫便传出阵阵轰鸣声。

伴随轰鸣声，地宫机关触动，众人方才看清，那黑影竟是篱染墨！

篱染墨面无表情，双目赤红，嘴角微微一动，仅是喊出一句："吾乃……鸷狄……"

四周随着轰鸣声，地宫五处方位：离、坎、震、兑、坤五处方位冒起五尊石头魔像，魔像用玄铁相连，而四人正好在魔像中央！

众人反应过来，却是为时已晚，原来，百妖早已在此设了"锁仙大阵"，此阵一开，仙人亦无法逃脱，凡人之躯瞬间足可灰飞烟灭！净空定然识得此阵，无奈身陷于此，唯有大喊一声："吾法至金身，不伤吾身，速速逃去！"说罢，收回法力，仅用双掌将古裕风、虎蛮、炎龙推出阵外。只消瞬间，一道天雷降下，烟尘四起，金光骤灭，净空法力尽失，生死未知……

虎蛮、古裕风在阵外呼喊，却不见净空回应。三人虽逃脱锁仙大阵，却未逃脱诸妖围困，众妖见金光灭，立即张牙咧嘴朝三人扑来，危难之际，一支箭疾划破长空，在半空中，箭羽猛然爆炸。诸妖尚未反应过来，却见一道白影晃动，只消瞬间，虎蛮与炎龙便被拖拽着飞出洞口，古裕风见状，亦趁机唤出飞剑，往洞口踏剑而逃。

众妖纷纷追赶，然几人身法了得，不一会便出得地宫。

来至地面，虎蛮与炎龙抬头望去，方知来人正是白尘、顾晨曦！

古裕风惊讶道："此前，不是让白兄护送顾千金回中原吗？如今这是？"

白尘摇摇头，道："时间紧迫，待至万花国再详说。"

众人不敢耽误，旋即上马，星夜朝万花国飞奔而回。

行至半路，几人停下马步。

虎蛮道："如今净空被困锁仙大阵，该当如何？"

古裕风道："此城瘟疫，原来是妖怪所为！诸妖盘踞此处，定然是为万花国而来！不出数日，定当屠城，届时人肉皆为食糜也！"

炎龙道："此言有理！想我泱泱大国，岂可成为砧上鱼肉尔？吾等应速速回万花国禀报此事，出兵伐妖！"

白尘道："此等可是妖物，区区凡兵，怎可诛之？"

炎龙道："吾有精兵万众，有问鼎阁异人百众。"

白尘摇头道："不足也，不足也，方才地宫所见，大妖不下数十，小妖不下百众，仅仅问鼎阁，不足挂齿。此事浩大，吾应飞书一封，禀报师尊，望能派遣天兵助之。"

炎龙道："如此甚好！"

言罢，众人星夜飞马赶回万花国。

欲知后事如何，且听下回分解。

第十章　百妖齐聚风铃城
三路仙兵显神通

众人快马回至万花国，炎龙不敢耽搁，稍作歇息便拟书上朝。

万花国早朝，护法炎龙古裕风、虎蛮、顾晨曦、白尘四人踏入大殿。

炎龙禀奏肜玲皇后："报，今吾几人前往风铃城，探得，不下上百大妖盘踞风铃城，小妖不计其数，高僧净空不慎被困，吾等惊险逃脱。万妖齐聚，祸乱世间，小小风铃城安足藏匿？不时，众妖将倾巢而出，届时，直取我万花国，善民皆为食糜，皇室沦为玩偶，苍生之不幸也。吾恐妖怪偷袭吾国，遂星火来报，不敢耽搁。"

此言一出，百官震撼，皆礼拜道："望君上快快出兵伐之！"

肜玲皇后亦震惊，回道："吾国尚有精兵几何？"

国师道："尚有数万。"

肜玲皇后道："爱卿此前所设问鼎阁，异士几何？"

国师道："百众矣。"

彤玲皇后点头道："随护法炎龙调遣罢。"

炎龙应声"喏"。

白尘道："此事重大，吾昨日已飞书一封至吾师，今晨得信，由吾大师兄亲领仙兵前来援助，此时已在路上。"

彤玲皇后闻言大喜："如此甚好！要些什么赏赐，尽管来提。"

白尘道："别无所求，只愿平息妖魔。今后，万花国要勤修道法矣。"

彤玲皇后应允，便命退朝。护法炎龙即点精兵一万众，及问鼎阁百众，集结于东城门，蓄势待发。

点兵之际，一骑白马男子来至东城门，白尘认得此人，正是大师兄玄阴子。

白尘骑马相迎，行至跟前，白尘礼道："大师兄好，白尘有礼，此事烦扰师兄奔走万里矣。"

玄阴子笑道："师弟太见外了，吾得师命，引五百仙兵前来援助，此时驻扎于城外五里，届时一并前往风铃城。另外，师傅让吾携带一柄至宝"紫光法杖"，此法杖集万千法力于一身，可助此行诛妖矣。"

白尘谢过玄阴子，便与众人集合。此时炎龙已点兵完毕，众人收拾好行囊，早已候于东城门。

随着炎龙一声令下，众将士皆齐声大喝一声，即乘快骑奔赴风铃城。

此行，万花国精兵万众，问鼎阁异人百众，玄阴子仙兵百众，另有修道之士古裕风、虎蛮、白尘、顾晨曦浩浩荡荡奔袭风铃城，只为诛杀众妖！

另一边，万妖祠众妖，有探风小妖望得大军浩浩荡荡奔袭风铃城。众妖亦发出怒吼，随着灰鳞巨妖一声令下，众大妖纷纷集结。另有后山众多小妖，纷纷来投。

灰鳞巨妖鸷狄，号令诛妖镇守风铃城，各大妖皆领命。大妖嗤琨，领数十妖众，镇守南门。大妖蛊雕，领数十妖众，镇守北门。大妖天火蝎，领数十妖众，镇守东门。大妖九钩虫，领百妖众，镇守西门。另有鏊窳领百妖众，守于西城门左侧，伏鲸领百妖众镇守中亭。另有鬼兽领数十妖众镇守天元地宫。

众妖层层布防，仙人联军步步紧逼，大战拉开序幕。

不时，诛妖联军浩浩荡荡行近风铃城西门。却见风铃城城门紧闭，天空黑鸦盘旋，无半点人迹。众将士正疑虑，却见鬄浜，浜鬄而小妖扛一鼎大旗出现在城楼之上，只见二妖一声大喝，潜伏于城楼数十小妖瞬间举弓便射，只杀得前排众将士措手不及。

二妖又挥动大旗，霎时城门大开，数百小妖举着刀枪剑戟冲杀而出！炎龙见状，一声令下，前阵骑兵冲杀迎上，两军对垒，一时间竟是杀得天昏地暗。

不时，一巨妖手捧巨木横扫而出，一时间杀得前军节节败退。炎龙见状，唤问鼎阁百士皆骑快马助阵，问鼎阁百士领命，皆使法器杀奔西门，众妖亦不惧，纷纷使法力喷火吐雾、舞云弄烟，问鼎阁众士使奇门，唤遁甲，一时间，两军相杀直斗得昏天暗地。

正酣战，城中杀出一大妖，身形似虫，唤九钩虫，浑身赤红，口吐滚滚烈焰。九钩虫凶悍，问鼎阁众异士不敌，纷纷被九钩虫烈火焚烧，一时间死伤大半。百士中道法稍强者，躲过熊熊烈火，与众小妖苦战一处，不得脱身。

眼见落入下风，虎蛮拍马迎上，戴上鸳鸯环，使出撼山之力与大妖九钩虫酣战，一时间战得是烟尘四起，天地变色。

前军酣战，料定侧门空虚，炎龙又令三千精兵攻杀南门，白尘、玄阴子率五百仙兵助之。

却见南门大开，众军士大喊着冲杀而入，霎时，一众小妖杀出，众妖吞云吐雾，摆弄法术，直杀得众军败退。众仙兵赶至相助，呼风唤雨各显神通与众妖酣战一处。

一时间，南门狂风大作，雷声滚滚。正酣战，却见一巨妖豹头蛇身，尖嘴獠牙从城中杀出，此妖唤嗤琨，凶蛮无比。只见嗤琨巨尾横扫，数十仙兵便被轰飞数十米。嗤琨凶蛮，一时间杀得众军溃散。白尘见状，急忙快马上前，使出蓝盈扇与嗤琨酣战，奈何嗤琨凶狠，白尘不敌，只得闪躲，玄阴子见状，手持紫光法杖前来助阵。

好嗥琨，面对法器全不惧，一尾横扫千斤力，任尔法力盖无边，不及悍豹化蛇形。嗥琨挥舞巨尾，变换法术，与二人酣战一处，只斗得紫光烁烁，白光交织。一时间，尘埃碎裂，浓烟弥漫，风雷交加，暴雨倾盆。

南门苦战，炎龙又亲率三千甲士冲杀北门，古裕风、篱染墨骑快马前来助阵。

三千甲士至北门，却见大妖蛊雕率妖众守于城楼，闭门坚守不出。炎龙叫阵，众小妖只扔出巨石轰赶，众甲士一战被击退，炎龙便命五百甲士造云梯，随后攻城，又命五百甲士携弓箭候命。

炎龙携其余甲士绕东门而行，顾晨曦及古裕风随军前往东门，自此成四面围城之局，寻机破城。

不时，众军行至东门，却见城上仅几名小妖巡岗，炎龙以为时机，遂命众甲士一齐攻城。众甲士高呼而行，一时间喊声震天，直吓得城楼小妖弃甲而逃。众甲士杀至城门下，用巨木轰击城门，四下破开城门，却见一巨妖领数十小妖从城中杀出。

只见那妖身形巨大，唤天火蝎，天火蝎形似黑蝎，身披黑甲，一嘴尖牙，两排小脚，行走若风。那妖背后长有尖刺，一张嘴便喷出一团烈火，这火犀利！前排甲士瞬间烧成灰烬！巨妖甩出尖刺，摆弄火焰，一时间众甲士被烧得连连后退，众小妖以为得势，大喊着冲杀而上。眼见众甲士不敌，古裕风飞身而出，使出神机剑匣与天火蝎酣战一处，顾晨曦骑快马绕四周射暗箭支援，两军对垒，直杀得尘土飞扬，火焰滔天。

再看西门，虎蛮连连轰出开山之力，那九钩虫全然不惧，使出法力便是酣战。且看南门，白尘与玄阴子，一人摆弄蓝盈扇，一人挥舞紫光仗，一人变化百重身，一人仗放紫光芒。那嘻琨果真厉害，豹头射出金瞳光，蛇尾甩出千斤力，二人纵是法力深，不伤嘻琨法相身。

再看北门，甲士已造纵云梯，杀声震天齐攻城，众妖说来并不惧，手持箭羽便来敌，两军相杀均力敌。且看东门，恶妖法力盖无边，阵阵天火由天来，杀得阵前起浓烟，神机剑匣使神机，百步穿杨箭疾来，两军斗得沙尘起，不退寸步且难行。

风铃城浓烟滚滚，四面酣战，尤其南门，纵然白尘与玄阴子二人法力高强，却奈何不了嘻琨。二人斗得吃力，索性唤仙兵一同使出天罗地网，那嘻琨见众仙兵杀来，变幻身法便往城内逃窜，众仙兵与玄阴子、白尘不顾身后小妖，一路追赶嘻琨。追至城楼下，却见杀声震天，原来中亭百妖早已埋伏于此！众妖见时机已至，纷纷冲杀而出，众仙兵中了埋伏，一时进退无路，前方众多妖怪杀来，后方又有众妖围堵，只得硬战，一时间众仙兵竟死伤大半。

白尘、玄阴子追至城门下，却见嘻琨领一大妖伏鲸折返而回，二人知晓中计，无奈已无退路，只得使出浑身法力与二妖相斗。怎奈实力悬殊，仅两个回合，二人便被击飞，倒地狂吐鲜血。二妖哪里肯饶？连忙冲杀而来！恰是此时，天空雷声大作，只见东方天际飞来数朵祥云。

云至，刹时狂风大作。白尘定睛望去，只见那祥云之上站着风雷雨电四神及千余仙兵。

见四神至，白尘道："师兄！师请神至，吾等有救矣。"

嚣琨伏鲸二妖本性凶残，龇牙扑杀上来，却见风神唤风，将二妖吹得摇摇欲坠，雷神降雷，一击将二妖轰飞。二妖败退，众仙兵抖擞士气，杀将而去。见仙兵勇猛，百妖惶恐，纷纷逃散。

南门大胜，众军杀入城内。

再看东门，两军正在酣战，却见天边飞来数朵祥云，只见白虎星、玄武星、朱雀星三圣站于云端。那天火蝎正酣战，却见朱雀星按下云头，幻化成巨大孔雀，孔雀探头便啄，那天火蝎惊惧，撇下众人便逃，孔雀哪里肯饶？扑腾巨翅便追，那天火蝎直吓得肝胆俱裂，不能动弹，孔雀追上猛啄，直把巨蝎啄得甲烂肠流毙命当场。

众小妖见状，皆惊惧，四散而逃，东门大胜，众军杀入城内，又直奔开元地宫而去。

欲知后事如何，且听下回分解。

第十一章　开元地宫仙兵至
鹜狄施展计中计

炎龙、古裕风、顾晨曦，率先领军杀至开元地宫，却见地宫入口巨石已不见。

众军不曾多想，往地宫深处杀去，穿过阶梯，众军行入地宫，却见篱染墨率一众妖怪驻守于此。

顾晨曦见篱染墨，便喊话："吾兄可听吾言？"篱染墨双眼赤红，神情恍惚，不作回话，抬手便朝古裕风扔出一柄飞刀，古裕风急忙闪躲，众小妖见状，纷纷冲杀而来，众军亦不惧，炎龙率众将士握兵刃迎上，两军厮杀，喊声阵阵。

众妖厮杀，篱染墨亦摸出随身佩刀，以敏捷身法突袭而来，古裕风连忙使出神机剑匣招式"剑气纵横"。此乃犀利一式，一瞬间数柄飞剑便朝篱染墨刺去，篱染墨亦不惧，辗转腾挪避开飞剑，又猛地一跃朝古裕风刺出一刀。正欲得手，说时迟，那时快，顾晨曦猛地拉弓射出一箭，篱染墨只得收刀，利用刀身挡下一击。篱染墨倒退数步，然后诡异地用黑气化作一支利箭，那黑气不断旋转，随着篱染墨一挥手，黑气箭羽飞速朝顾晨曦射来。

顾晨曦眼疾，猛地弯腰躲过。古裕风见状，惊讶道："凝气成刃，已入境界？"话音未落，篱染墨又接连射出三道黑气箭疾，古裕风亦拉开琉璃弓，接连射出三道箭疾，箭疾相撞，瞬间炸裂，只听闻开元地宫连连传来"轰隆"声。

三人正酣战，那妖群中杀出一只恶妖鬼兽，那鬼兽使一黑钉耙，身形矫健，用那钉耙直挥出数道黑风。二人不敌，古裕风左右臂皆伤，仅能口诀御剑。顾晨曦躲过黑风，又被篱染墨黑箭划伤。二人陷入困境，恰是此时，白虎星、玄武星、朱雀星三圣赶至，急忙使出捆仙绳捆住鬼兽及篱染墨。顾晨曦爬起身，拉弓便射出两箭，一箭射鬼兽眉心，鬼兽当场倒地，一箭射篱染墨胸口，顿时鲜血横流，篱染墨无力跪地。

见篱染墨如此，顾晨曦拭去眼泪，哽咽道："兄何故如此？"

此时篱染墨稍稍恢复了神志，道："你们可知，这万妖祠是何故？且听吾道来……"

说罢，篱染墨便讲述万妖祠缘由。

话说南华仙地，有一处仙池，机缘巧合，池上长出一朵妙莲。此莲受仙气渲染，竟然有了灵气，经数年修炼，竟化得人形。恰好，仙池内有一鳞鱼苦修长生，百余年终得人形，一莲一鳞恰逢当日幻化人形，格外欢喜，便约定一起修炼成仙。

一日南极仙翁经过荷花池，见妙莲开放，甚是欢喜，又见此莲灵气逼人，欣喜之余，便询问妙莲是否愿入门下。妙莲得此机缘，拜入南极仙翁门下，苦修百年，修得正果。

恰逢当时，万花国历经旱灾，南极仙翁命妙莲仙子下凡救济沧海，妙莲领命，便至荷花池与鳞鱼拜别。那鳞鱼不舍，化作人形悄然尾随。

下至凡间，妙莲仙子用莲叶变化妙风微雨，民众伏地跪拜，皆称仙女。妙莲仙子又折莲叶，救治难民，民众感恩戴德，于万花国旁建立宗祠，唤"妙莲仙子祠"，以示感激。

然妙莲仙子所用莲叶，乃折损自身法力。鳞鱼精尾随其后，见其如此，于心不忍，便用法力炼制丹药，欲赠予妙莲。

恰逢此时，两只黑鸦妖逃至万花国，半夜吸人精血，顿时人心惶惶。

鳞鱼精炼好丹药，送至宗祠。妙莲仙子见了鳞鱼精，不乏思念之情，又询问鳞鱼精为何至此。得知鳞鱼精为炼制丹药，耗费自身法力，感动不已，便让其在明堂歇息。

恰逢此时，一位赤脚道士来至万花国，见众人崇拜妙莲，心生妒忌，便悄悄寻至宗祠，却见一鳞鱼精正在明堂打坐，瞬间打了个激灵。

那赤脚道士跌跌撞撞跑回城中，大叫道："哪里来得妙莲仙子？妖怪！是妖怪矣！"

妖道蛊惑民心，引民众至"妙莲仙子祠"，那鳞鱼精被抓了个现行，一众愚民，将鳞鱼精五花大绑，刀枪棍棒往其身上便捅，妙莲仙子来至前堂，那妖道又蛊惑："这亦是妖也！"

民众起初不敢动作，不知何时，人群中扔出一捆烂菜，众人随之起哄，用粗绳将其捆实，与那鳞鱼精一起束上囚车，推至刑场。

一路上，鳞鱼精流泪不已，道："是吾害了你！是吾害了你！"

妙莲仙子笑道："怎可怪你，你本是南华仙池里的鳞鱼，舍了那得道成仙的路，却来看望我一个小小的仙子。妙莲心中感恩。只叹这人心叵测，亦是吾等修心的劫道。"

那鳞鱼精愤愤不平，道："你为此等愚民，折损多少法力，岂可如此作为。"

妙莲仙子只是不语。不时，囚车押至刑场，妖道大声说道："正是此二妖作祟，故，男子精竭而亡！此淫妖也！"

鳞鱼精怒喊道："休得胡言！"

那妖道举来火把，怒目道："当烈火焚烧！干柴来！"

民众堆来干柴，妖道一把烈火，将妙莲与鳞鱼焚烧，恰是此时，天空飘过一团黑气，那鳞鱼精双目流血，大喝一声，将黑气吞下，只消瞬间，电光火石，天空中降下暴雨，那鳞鱼精在火雨中变成一只灰鳞黑翅怪物。

民众惊慌逃散，那妖道吓得撒腿便跑，怎奈妖怪更快，飞扑至妖道眼前，一只巨爪直穿妖道心门，妖道当场殒命。

黑翅妖怪转身，从火堆旁抱起奄奄一息的妙莲，然后飞回"妙莲仙子祠"。

妙莲醒来后，见黑妖眼含泪花，瞬间明白一切，她滴下了最后一滴泪，说道："为吾，汝入妖道，吾又怎敢苟存于仙道，只可惜这一劫，你我皆迈不过。"说罢，与黑妖轻轻一吻，将自身堕入妖道。

自此，妙莲成为了妖后。

此事，震动上苍。玉皇大帝传令，五丁五甲，风雷雨电，天门八将，五万天兵缉拿妙莲，南极仙翁知晓此事，遂赶上天兵，与众仙将道："吾请命，降八道天雷，泯灭诸妖，众将无须操劳矣。"

众将往凡间看去，果真乌云盖顶，须臾间，便降下数道天雷。

那灰翅巨妖连同"妙莲仙子祠"，皆在天雷中，消失殆尽矣。

见此，诸天将遂回仙宫复命。

篱染墨话音刚落，那水晶棺木后面，一灰甲黑翅巨妖便发出一声怒吼，只听"唔"的一声怒吼，那灰甲黑翅便扑腾巨翅来至篱染墨身前，此妖正是那"仙池苦修鳞鱼精，为爱生恨堕妖道，舍生化魔成鹜狄，从此杀尽僧道人"。

奻璘一挥巨爪破开捆仙绳，篱染墨脱困，随即拔出箭羽飞身朝水晶棺木跑去。三圣见鹜狄，皆震惊，旋即使法器"白虎仗""玄武棍""朱雀鞭"杀将而去。奻璘全然不惧，挥舞巨爪迎敌，双方直斗得沙尘四起，火光四溅。此时白尘、玄阴子赶至，二者迅速挥舞法器加入战局，鸷狄以一敌五，仍不惧下风。缠斗多时，风雷雨电四神、虎蛮及百妖阁众异士赶至，鸷狄见状，猛地挥动巨翅飞至半空，伴随鸷狄一声怒吼，那水晶棺木盖顶"嘭"地一声破开！

只见一女妖安详地卧于棺木内，那妖头戴金冠，双目紧闭，眉若画笔，十指细长，肌肤如雪，脉络清晰。不知何时，篱染墨已行至水晶棺木，只见篱染墨手举八宝灯，大喝一声："莲心入我妖后体，妖气弥漫九重天！此气可盖天与地，须臾之间成妖域！"

言罢，篱染墨唤出八宝灯之灯芯放入妖女眉心，只一瞬间，水晶棺木内散出万丈黑气！那女妖缓缓睁开眼，四周瞬间被黑气笼罩！

三圣暗道不好，纷纷使出真气护住本体，白虎更是喊道："快用真气护体！"那妖气弥漫而至，前面众将士被黑气侵扰，一瞬间便双目赤红堕入妖道。此黑气，六虫皆无处遁逃，须臾便可幻化恶妖，修为尚低的修士亦不能挡，唯三圣、风雷雨电四神用法力化成屏障，护住身后众人。然黑气剧烈，三圣难挡，苦苦支撑，那鸷狄见状，偷袭而来，白尘及玄阴子飞身挡下，鸷狄犀利，仅两回合将二人击飞。

须臾间，妖气更盛，风铃城已然人间炼狱。那女妖缓缓睁开双眼，待其觉醒，风铃城及方圆百里将成妖域。情急之下，顾晨曦瞥见水晶棺木前方盘坐一僧人，正是被锁仙大阵困住的净空。

如今妖气弥漫，唯净空方可破局，篱染墨拉开弓箭，一箭朝铁链射去，只听"叮"的一声，箭羽射中铁链，然不能击断。玄阴子听闻响声，侧身看见锁仙大阵中的净空，已然知晓篱染墨所想，索性使出浑身法力，将紫光法杖朝铁链抛去。只见法杖穿破黑气在空中迸发万道紫光，随着"轰隆"一声巨响，那紫光法杖插于地面，四周铁链被法力全然震碎！

只消瞬间，锁仙阵中便金光四射，净空缓缓睁开双眼，便已知晓一切。鸷狄见净空破开锁仙阵，挥舞利爪便杀向净空，净空亦不惧，起身捡起紫光法杖，口中怒喝一声"破"！

只消片刻，黑气震退数米，数道金光拔地而起！

欲知后事如何，且听下回分解。

第十二章　莲生怨气冲天起
　　　　　仙翁玉瓶破魔障

只听得一声巨响，净空便与鸷狄在开元地宫对轰一招。鸷狄站于石阶之上，身后是万丈黑气，净空立于众人之前，身后道道金光成结界。

一人一妖仅对视一眼，便飞身而上展开死斗。只见，那方黑气弥漫遮天际，这方金光迸射耀真空，这番好斗，一人一妖缠斗数十回合，不分胜负，又使法力半空缠斗，直斗得黑天暗地不见踪迹。那鸷狄，妖力生苍穹，斩仙无畏惧，振翅可飞九重天，利爪能破凌霄云。这净空，几世修得这法力？战乾坤，收妖魔，如意念珠震邪祟，金仙妙诀护周全，紫光法杖趁得手，直斗凌霄与苍穹。

净空与鸷狄缠斗百回合，不分胜负。净空却是酣战，那黑气弥漫，白虎星、玄武星、朱雀星三圣却是难挡，遂喊道："法师快快取胜，吾等耐不住这妖气矣。"

恰是此时，那水晶棺木女妖已张开双目，娇躯亦缓慢抬起，只一瞬间，那万道黑气直冲天际，风雷雨电四神瞬间被黑气冲散，身后一众修士被黑气笼罩，须臾之间坠入魔道。

万分情急，净空撇下鸷狄，使出"大罗金仙掌诀"朝水晶棺木轰去，瞬间金光起，成一掌诀朝水晶棺木轰击，哪知女妖已醒，一挥右手形成一股黑色旋风，旋风喘急，瞬间便将金光扑灭。

净空手持紫光法杖，踏步而行，然四周妖气化成黑手将其扯入幻境，只消片刻，四周便出现一片莲池，仅仅瞬间，那莲池又化出八八六十四种变化，最后一变，直将净空扯入莲池之中。净空入莲池，四周又生出无数植物触手将净空捆住，不能动弹。净空想用力挣扎，却使不出一丁点力气。

净空挣脱不得，莲池底部又生出数道黑气，那黑气弥漫莲池，欲从净空五孔中钻入，恰是此时，净空耳中传来一阵妙音，似六道梵音，只震得净空灌头彻耳，瞬间便清醒过来！

净空从幻界中醒来，却见自身已被数条藤蔓困住，再见四周，众仙兵及将士皆沉入幻界之中，黑气如山，冲天而出，不时百里内皆成炼狱，净空心中叹息，却挣脱不开藤蔓。此时，那鸷狄从半空中飞落，挥舞巨爪便朝净空袭来，恰是此时，那空中飞来一朵妙云，那云闪着阵阵白光，果真妙也。

只见那妙云之上站一老者，老者左手托一羊脂玉净瓶，右手握一金仙寿拐杖，身穿长寿衣，头系红飘带，脚踩仙履鞋，白眉慈善目，正气见仙踪，来者正是南极仙翁也！

三圣见仙翁至，皆松一口气，道："救星来也！"

只见南极仙翁按下云头，手中羊脂玉净瓶滴下一滴玉液，只消瞬间，天空中便飘下一阵妙雨径直将黑气盖了下去。玉净瓶滴落那滴，不偏不倚，正好滴在女妖额头，只见四周白光一闪，黑气俱消，再定晴一看，哪里还有女妖踪迹？白光落下，那水晶棺木里只剩一个三岁左右女娃娃，那女娃娃左爬爬右爬爬，仰头却被浇了一脸雨水，心中愤愤，只"哇"的一声哭出声来。

鸷狄见南极仙翁，便振翅朝南极仙翁飞来，欲行恶，却被南极仙翁变出一条金绳索，扎扎实实捆牢了，坠于地面动弹不得。

四周黑气散去，众人亦渐渐恢复神志，南极仙翁遂朝那女娃娃喊道："莲娃儿，还不快快随为师来！"那女娃儿听闻老翁喊她，遂止住哭声，变出一朵妙云飞向老翁。

藤蔓散去，净空拿起紫光法杖，欲打黑翅妖，南极仙翁喊道："闻法师有百妖册，可令五虫妖兽弃恶从善，如何不将此妖收去？"说罢，便解开鸷狄身上金绳，那鸷狄倒头便拜，不敢造次。净空遂唤出"百妖册"，那鸷狄化作一道黑气入得百妖册。

鸷狄入得百妖册，仙翁又道："你这鳞娃儿，不可造孽！且好生修行，待时日，许你与莲娃儿见一面。"言罢，南极仙翁便携莲娃儿架云而去。

净空收回"百妖册"，却见众妖逃散，此战大胜，三圣及风雷雨电便领余下仙兵离去。

净空与诸将汇合，却见古裕风、虎蛮身受重伤，幸不致命。顾晨曦、炎龙、白尘、玄阴子及其余将士皆负伤，唯不见篱染墨踪迹。

炎龙与众将救治，片刻之后，领兵出得开元地宫，前往风铃城扎营。行至风铃城，却见浓烟未熄，屋檐破败，不禁叹息。

炎龙将军清点甲士，只剩千余，问鼎阁百士仅剩十二人，大军此战消耗殆尽矣。

众人来至东门，净空转身道："经此一役，危难虽解，却折兵损将，实乃罪过。吾于风铃城，行一场法事，也好度却亡魂，不免众士来此一遭。"

说罢，又将紫光法杖递与玄阴子，道："此法杖归还罢。"

玄阴子笑道："法师可留下法杖，吾师不知何处得此法杖，吾等所修之法不擅用此仗，实乃暴殄天物，吾临行前，吾师曾言，将此仗交与得道之人。如此看来，是法师矣。"

净空不言，默许留下紫光法杖。不时，炎龙唤甲士摆设祭坛，净空欲行法事，却见两名士兵压着二小妖匆匆赶来。

士兵道："将军传令归营，吾等正欲归营，却见二小妖于后山逃窜，吾兄弟二人胆大，追杀上去，这二妖竟然弃甲投降，吾等不知作何处置，遂押送至此，请将军发落。"

炎龙定睛望去，原来此二妖正是"鬓浜""浜鬓"二妖，此前在西门摇旗呐喊，如今却被士兵擒住。

虎蛮见这二妖，气不打一处来："气煞吾也！正是追这小妖，让爷爷险些让妖怪吃咯！"

炎龙点头道："此战虽胜，然损兵折将，不如取二妖首级，悬挂旗上，吹唢响鼓，号大胜而归，以此振奋人心。"

二妖闻言，吓得倒地便拜，不断喊着饶命，炎龙却是不饶，手持宝刀砍下二妖头颅，遂悬挂旗顶。

净空摇摇头，摆坛祭法，又念轮回经数遍，方与诸将士返回万花国。

回至万花国，万民皆拜，皆称诛妖有功，凯旋，众将不免意气风发。闻诛妖大胜而归，彤玲皇后欣喜万分，即命上朝。炎龙安顿士卒，又与净空、古裕风、虎蛮、顾晨曦、白尘、玄阴子及问鼎阁十二士等人前往朝堂。

众人至朝廷，百官祝贺，喜庆非凡，彤玲皇后于凤椅上起身相迎。

彤玲皇后道："诸将辛劳，如今诛妖得胜归来，实乃上苍眷顾，吾感恩戴德。敢问诸位仙士，有何索求？若力所能及，当倾国授之。"

玄阴子道："陛下厚爱，吾等修道之士无甚索求，只是风铃城得此一劫，生灵涂炭，当重修庙宇，勤习道法，休养生息，恩泽百姓矣。"

彤玲皇后点头道："定当如此。"

白尘道："吾师乃九天卜算真人，曾赐白马数匹，引高僧至此，如今白马毙，恐师责罚，还望陛下回赠白马，吾复师命。"

彤玲皇后道："必然，必然，吾赠良马百骑。"

古裕风道："吾国遣之，无甚索求。"

虎蛮及顾晨曦、净空亦不提索求。

彤玲皇后又分别赏赐问鼎阁异士黄金百两，奋勇杀敌者官升三级，赏炎龙将军奇珍异宝，封号称爵，不在话下。

分封毕，彤玲皇后又道："听闻此行，高僧净空功不可没，如今妖魔已除，高僧可有何所求？"

净空闻言，思索片刻，道："吾等自中原来，未曾领略万花国风土人情，如今入万花国，不仅赞叹，万花国亦有女子为君上，更是如此开明贤君，实属开阔眼界。小僧心愿，便是两国永交友盟，不生战事。"

彤玲皇后点头道："高僧所言极是，所言极是。中原国鼎力相助，万分感谢，两国定当永结友盟，此番回国，吾国赠予黄金万两，绸缎千匹，良驹百匹，万万不可推辞也"

中原国众人应声"喏"，此番封赏便算了结。

彤玲皇后又问众人："如今风铃城已然平静，诸位作何安排？"

白尘及玄阴子道："吾等回山复命。"

古裕风道及虎蛮道："吾等回中原矣。"

净空道："吾从中原国至，感叹路长险阻，然闻万花国往西，仍有一国，唤作朝圣国，听闻朝圣国历来崇尚佛法，贫僧欲往朝圣国去，再深研佛法。"

彤玲皇后道："法师辛劳矣，如此，吾便命人再备通关文书。"言罢，彤玲皇后逐一安排封赏事宜，又命下官安排厢房引众将士好生歇息，也便众人翌日启程。

如此，风铃城事毕，只是不知这朝圣国，又会引发何事？

欲知后事如何，且听下回分解。

第十三章 万花国万人相送 朝圣国此行波折

历经风铃城一劫，众人回至万花国，彤玲皇后一一赏赐，又免役赋税恩泽百姓，众士歇息数日，便一同回国复命。

古裕风、白尘、玄阴子、虎蛮、顾晨曦、净空等，一行人拜别彤玲皇后，携百余万花国护卫踏出朝堂，却见朝堂外万人送行。

众人行过人巷，百姓不舍，路上行人不时递上赠礼，众人应接不暇，此情此景不免动容。

走出人群，顾晨曦擦拭眼角，道："所谓功德，不过如此。"

穿过人潮，数人便行至万花国城外。

白尘手持蓝盈扇，道："相逢缘一场，终是别离时。如此别过，后会有期。"遂与玄阴子骑上白马，与数十护卫骑马离去。

净空道："善哉，虎蛮古裕风，汝二人便送顾千金回玉峰古城罢。贫僧未至朝圣，当动身去也，此番别离，不知何时重逢，终是山高路遥，诸位定要平安无恙。"说罢，行一佛礼，便携行囊骑上棕马。

古裕风道："高僧此路遥遥，万万小心。"说罢，与虎蛮、顾晨曦骑上快马，又领众护卫牵马护送黄金、珍宝等，一行人浩浩荡荡往中原国方向去也。

众人远去，净空方才缓缓动身，只见一人一马映着斜阳，朝着西方踏步而去，偶闻马鸣，蹄下溅起一片黄土飞尘。

净空骑马，缓缓而行，行经一竹林，又见一小溪，小溪旁坐一老者，老者盘腿坐于白石之上，一副闲暇模样。

净空骑马至溪边，问道："前辈，吾乃赶路僧，可知朝圣国何处去？"

老者睁开眼瞄了一眼净空，道："过此溪，往西北去，经过一镇，唤作柳枝镇，再往西边去，便可到也。只是这溪是溪，镇非镇，法师万万小心。"

净空道："多谢前辈提醒，只是不知，何谓镇非镇？"

老者笑道："鬼非鬼，人非人，自然镇非镇，无须多言，法师只得小心行事。"

说罢，老者起身走下白石，净空正欲追问，仅一眨眼，老者便不见矣，净空惊讶，复上马，过小溪，一路往西去也。

净空骑棕马往西行数个时辰，终是在落日余晖间，瞧见眼前有一小镇，骑马近前一看，果然是柳枝镇。净空复下马，牵马而行，入得柳枝镇。方入镇，却见天空飘来一朵黑云，不多时，又落了一阵细雨。净空只得牵马快行，一路上却见行人步态轻盈，神色怪异。

只因这雨，净空不及细想，寻了一处客栈便踏步进去。

进得客栈，却见四伙人，正坐于酒桌上行膳，一桌上八个大汉，身穿皮袄，腰粗浑圆，长椅上放重剑、长弓、棒槌等武器。八人，大口喝酒食肉，声音聒噪。

一桌，四人，身披黑衣，头戴斗笠，长剑不离手，桌上摆些花生米酒，几人却不动筷，眼神四顾，一路提防。

再看另外两桌各坐两人，且看左边一桌，一人穿一身布衣，手挽一红漆金边通体长袖棍，脚搭长椅，手剥花生，一脸清闲模样。另一人，黑布长衫，戴一轻甲，腰配长刀，手握茶碗，正喝些长寿茶。

另一桌，坐两人，一人身穿布衣，双手紧握一圆盒，双眼环顾四周。另一人亦穿布衣，不顾四周，只拿碗筷食肉。

净空进得客栈，寻一桌坐下，却见大汉喊道："小二拿酒肉来！"

那店小二匆匆忙忙从后厨出来，抱了一坛美酒，又瞟了一眼净空，道："和尚可是住店？"

净空应道："是也，不知可有斋菜。"

未等小二回话，那粗汉又催酒，店小二急忙送酒去也，然后又返回后厨，七八粗汉大口喝酒，不一时，便伶仃大醉。恰是此时，门外走进两名头戴斗笠黑衣人，此二人方入客栈，一阵阴风便至，只听客栈大门"吱呀"一声合上，连同四周烛火都吹熄了。

客栈陷入一阵寂静，紧接着，黑衣斗笠二人便从腰间抽出佩刀，朝着身前两名壮汉扑来，另一桌黑衣人亦拔剑而起，众人未反应过来，两名壮汉便被切断咽喉，一瞬间鲜血四溅。

另外几个壮汉被血溅一脸，瞬间惊醒，纷纷拿起身边武器与黑衣人缠斗一处，黑衣人亦不惊，辗转腾挪又砍杀二人，另外几人慌了神，举起棒槌便砸，只将桌台轰飞，一名黑衣人侧身闪过，利刀手起刀落砍下一人首级，另一黑衣人往后一跃，却是伸手朝着环抱锦盒身穿布衣男子而来！正欲得手，说时迟，那时快，一根金漆通体长袖棍从空中轰落，黑衣人急忙闪躲，只见那棍棒千斤重，只一棍，阴风起，雨珠斜，地面应声碎裂！果真好棍！

那黑衣人稍稍稳住身形，一汉子手持长棍怒目而视已至身前，那棍棒好是犀利！那汉子好个威武！男子手持金棍，正欲再劈，客栈内突然射入数支利箭，男子只得舞棒抵挡，那几名壮汉及一名黑衣人毫无防备，直直被射成刺猬。

戴甲喝茶的男子挡下箭矢，从腰间抽出长刀，一刀了结一名黑衣人。

拿棍那汉子，结果了剩余黑衣人，道："诸位大人，此番刺客，定是为圣物而来！几人仅是前锋，身后刺客甚多，如此，诸位随我逃出客栈，再言后事！"

然后，男子又看一眼净空，道："大师亦随吾来！"

言罢，一行人从客栈后门出，又寻一密道去也。

只待片刻，客栈大门便被一脚踹开，数十名黑衣人闯入客栈内，却不见众人踪迹也。

净空随一众人行走数里，见一密林，又往密林中行走数百米，终于见一道观，恰逢雨未停歇，众人便至道观中躲雨。

进得道观，却见泥像倒卧，蛛网密布，香火凋零，不见人迹。

净空不仅叹道："道观何至于此。"

几人稍稍坐下，那环抱锦盒男子便道："诸位应识我，吾乃朝圣寺原监理木德，自从那狐妖至，虐我僧侣，毁我佛法，方丈便秘密交吾圣物，由我护送圣物前往葡堤寺寻求救援。敢问阁下是哪路义士？竟知晓我等行踪。"

净空惊道："吾乃中原国僧士净空，久闻朝圣国深研佛法，故前来求学，听先生所言，莫不是朝圣国出了什么变化？"

那手握长棍男子道："吾乃多吉，长居金刚山，吾师乃不败力士，功至金身，授吾金刚十二法。吾师手眼通天，能预测过去未来，知晓朝圣国一难，命吾前往柳枝镇等候，以助复国一臂之力。"

那身披轻甲男子道："吾乃贡布，是朝圣国护卫队队长，当日朝中动荡，那妖女迷惑君上，命吾等围困朝圣寺，吾虽未入佛门，却久闻佛法，自是不愿。当夜，吾私自上山，将消息告知，并引方丈逃出寺中。方丈不肯，言身死寺中，不与苟活，只命我前往柳枝镇，护尔等周全。行至柳枝镇，故结识多吉也。"

另一布衣男子道："吾乃木德好友格桑，原是朝圣国文士，专刻印章之类，恰逢正月初五，前方朝圣寺焚香，哪知遇上这事，为免牵连，只同木德一同逃也。"

净空道："方才那伙人，又是什么来历？"

格桑、贡布二人不语。

多吉道："定是那惦记圣物的强盗悍匪！"

格桑欲言又止，贡布拉住格桑，道："此行去往葡堤寺，定然困难重重，即便不是悍匪，那狐妖断然使些什么手段阻碍，哪知道会遇到什么山精野怪。"

多吉笑道："怕甚？吾这金漆棍，可不是一般棍！万重山中寻此金，百般力士筑成型，焚天烈火烧成棍，又赐金刚如意功。吾师授吾如意法，此棍通天晓变化，杀尽妖魔与邪祟！"

木德笑道："如此甚好！如此甚好！此行有壮士，稍稍安心矣！"

几人稍稍安顿，外面却传来一阵脚步声，格桑抬头望去，却见几名黑衣人追赶至此，见雨势大，也寻至道观。

格桑慌忙喊道："呜也！追杀至此！"

话音刚落，几名黑衣人便入得观内，见格桑一行人，黑衣人瞬间惊觉，纷纷拔剑相向，观内剑拔弩张，异常紧张，恰是此时，一脚戴彤玲，手持长枪，步伐稳健，头戴斗笠，身穿黑衣之人步入道观内。

贡布却似识得此人，只见其眉头紧锁，紧握弯刀，掌心冒汗，如临大敌。

见双方神色紧张，剑拔弩张，来人却笑了起来，道："无甚大事，诸位何须如此？吾等为锦盒而来，不想伤及无辜，还望大人交出锦盒，莫让吾等为难。"

贡布咬咬牙，道："莫信谗言！兄弟几人，快快从大殿后离去，这厮断不敢伤及中原僧，速速去也！吾来断后！"

长枪黑衣人听闻，又惊又怒，骂道："叛徒！安敢诳语！吃吾一枪！"说罢，挥舞手中长枪往贡布刺来！贡布亦不惧，抽出圆月弯刀便砍出阵阵刀气，一刀一枪交战一处，直闪出阵阵寒光！

见二人缠斗，多吉几人忙往大殿逃去，幸也，大殿后有一残破暗门，多吉、木德、格桑、携净空四人连忙破门而出，穿过破门，又行至树林，众人不顾雨急，匆匆赶路矣。

再看贡布这边，那长枪黑衣人与贡布交手数回合，不分胜负。其余黑衣人绕过贡布，往大殿外追去，众人去远，长枪黑衣人虚晃一枪，往身后退半步，贡布不敢妄动，两人便僵持着。

这一边，黑衣人缓缓摘下面罩，道："诀道，可识得吾？"

贡布听闻此言，顿时慌神，道："诀义！莫念此名！吾已皈依！"

黑衣人冷哼一声，道："真不是个东西！"

两人都有怨气，只怒目对视，仅片刻，两人皆不留手，使出杀招冲向对方。

欲知后事如何，且听下回分解。

第十四章 五诀士欲劫圣物 葡堤寺护送金佛

净空、多吉、木德、格桑四人从道观后门出，往树林一路急行，不多时便出得树林，却见不远处一山丘，山丘上立一寺庙，寺庙偌大，灯火通明。

木德喜道："至葡堤寺也！"

格桑应道："是也是也！快快去也！"

话音方落，身后便跃出数名黑衣人，众人惊恐。

原来黑衣人趁着雨势，亦是马不停蹄，一路追踪至此。未等众人反应过来，一众黑衣人便将众人团团围住。

为首两名黑衣人，一人手持双刀，腰间别一腰牌，牌面刻一"仁"字。另一人手握长剑，手戴红绳，腰间别一腰牌，牌面刻一"礼"字。

格桑见却似识得二人，拉住净空低声道："危也！断然不是对手，吾等往寺里去吧！"说罢，扯着净空便往林间去也，那一众黑衣人只将多吉、木德围住，竟放净空二人去也。

"仁"字黑衣人道："先生，交出锦盒罢！"木德不语，黑衣人便提双刀袭来，多吉突然挡至身前，黑衣人急忙稳住身形，随后双刀劈出，此刀犀利！刀气成圆弧，刀光似飞火，双刀齐使力，直震天与际！

刀气袭来，多吉不敢怠慢，手中长袖棍猛地横扫，只见长棍冒红光，直染云雾气，此棍出全力，为抗这刀气！两剑与棍合，震音响天际！

双刀黑衣人与多吉交手数回合，不分胜负，长剑黑衣人见状，手握长剑杀入战局，多吉亦不惧，只将长袖棍舞得生风，两名黑衣人使出浑身解数，一时间竟不得取胜！

三人缠斗间，一众黑衣人便缓步朝木德围绕而来，多吉分身乏术，便喊道："先生先走！"

待黑衣人靠近，木德却笑道："诸位晚矣，此锦盒乃是空盒，圣物由那中原僧取走，此刻，恐怕已至葡堤寺也。"

黑衣人闻言，皆是一惊，一人抢过锦盒，打开一瞧，竟然真是空盒也！众黑衣人又气又急，喊道："中计也！"舍下二人，急匆匆往葡堤寺方向追去也。

多吉甩下长棍，疑虑道："兄何时将圣物给予中原僧？"

木德微微笑道："无须惊讶，咱们前往葡堤寺，自然知晓。"言罢，二人亦往葡堤寺方向行去。

再看净空这边，格桑领着净空便往葡堤寺方向赶去。

净空一边走，一边问道："方才那伙人，汝可识得？"

格桑擦擦额头汗珠，道："识得识得！那伙人，乃是朝圣国护卫队，历来只听国君法令。为首有六人，称为六诀士，号诀武，诀心，诀仁，诀义，诀道、诀礼。护卫队个个身怀绝技，武艺超群。为首六人不得了，摘星赶月，不在话下。"

净空道："既是护卫，来此作甚？"

格桑闻言，惊出一身冷汗，道："吾不知，吾不知！定是那妖女迷惑陛下，要来取锦盒圣物！"

净空疑虑，道："所言妖女又是为何？"

格桑道："朝圣国历来尊尚佛法，君上臣民皆修佛法。不知何时，来一女子，身姿妙曼，迷了君上眼，自此，君上懒修佛法，不务政事。得知此事，朝圣寺方丈亲自见谏，不曾想，撞见君上与一妖物缠绵。方丈惊恐，幸得法术高深，当即收服妖怪！又命众弟子捆了妖怪，即日押往朝圣寺，待翌日处决。哪知半夜，生出变故，君上定是遮了眼，夜半，出兵围困了朝圣寺，救了这妖怪，害了众法师，方丈大师生死未卜矣。"

净空震惊，道："可知是何等妖物？"

格桑道："未亲眼所见，传言是一只金面琵琶狐。"

两人谈话间，已行至葡堤寺，却见门口两小僧迎门。

见净空至，小僧道："方丈知晓汝等至，命小僧在此等候，快随吾来。"言罢，一小僧领净空、格桑入得大殿。

两人放进寺院不久，一伙黑衣人便追至葡堤寺，一小僧拦住去路，道："今日方丈行法事，诸位不可入寺。"

黑衣人一把推开小僧，正欲闯寺，却见一僧人从大殿走出，只见此僧身穿袈衣，双手合十，步态轻盈，只一会便至门前。

黑衣人道："高僧勿拦去路！"

僧道："诸位此行路遥，言尽辛酸。然此佛门重地，不可再生杀戮，吾国乃朝圣国，历来修佛法，佛光护万民，众生获超脱。诸君可愿这盛世长久？抑或是因一时之勇，斩乱这伦理朝纲？"

众黑衣人闻言，皆不敢动，唯一人胆大，欲推开僧人，然一掌推去，却似触着万重山，那僧仍是微微笑，不曾挪动分毫。

见此状，身后手持长剑黑衣人便道："多有得罪！吾等退去。"

言罢，一众黑衣人转身离去，那僧人双手合十，行一佛礼，复转身回葡堤寺中。

另一边，小僧领净空入得大殿，只见殿内灯火通明，诸佛像金光烁烁，众僧念经打坐。

见净空至，一老僧身穿袈裟起身相迎。

老僧笑道："吾乃葡堤寺方丈，号准提方丈，法师此行护送锦盒辛劳，实属功德一件！"

净空惊道："方丈何出此言？吾未曾接锦盒矣。"

准提方丈笑道："莫慌莫慌，可瞧瞧这是何物？"

说罢，准提方丈转身，从贡品桌下拿出一物，众人定睛一瞧，原是一锦盒。

净空不解道："锦盒何故至此？"

方丈手捧锦盒至净空身前，微微笑道："法师无须疑虑，打开锦盒一看便知。"

净空捧起锦盒，思索一阵，往前行几步至无人处，方打开锦盒，一见盒内，净空一脸沉重，双手又将锦盒合上。恰是此时，一身穿裟衣僧人入得殿内，双手合十道："六诀士已去矣。"

准提方丈笑道："是也。"又转身对净空道："法师，此乃吾徒儿，号菩提子，如今受朝圣寺此信物，当前往朝圣了结此事，法师如若不弃，当同赴此行，此乃功德一件，法师莫要推辞矣。"

净空不语，准提方丈又面向菩提子道："菩提子，汝命赶路僧，将出山之事传遍各镇，再点六大金刚，十余弟子，一同出寺，往朝圣国去吧。"

净空将锦盒交还准提方丈。

菩提子道："谨遵师命，今晨已将信传，此番可出行矣。"

言罢，菩提子当即点六大金刚及一众弟子，收拾行囊，恰是此时，木德及多吉赶至葡堤寺，两人行入大殿，恰巧碰见菩提子等人，木德便道："恰逢赶上，恰逢赶上！"

菩提子行一佛礼，道："吾得师命，正欲前往朝圣国矣。"

多吉道："如此甚好！圣物在此？"

准提方丈捧出锦盒，道："在此。"

多吉急忙打开锦盒，却见锦盒内一小尊金佛正闪着阵阵金光。

多吉喜道："可也！木德兄真有手段！何时将这金佛交予高僧？"

众人皆不言，随后，菩提子便领六大金刚一众僧人步出寺门，净空、多吉、木德、格桑四人紧随其后。

方出寺门，却见数十虔诚信徒拜于石阶之下，菩提子连忙扶众起身，道："诸位何故在此？"

众信徒道："闻高僧引金佛回朝圣，吾等皆来拜矣，此行路遥，吾等虔诚，甘愿同行，望法师准矣！"

菩提子扶起信徒，言："此行又山高路遥，诸位辛劳矣！"

众信徒皆高声言："此行漫漫，所谓功德，不辞辛劳！"

闻言，菩提子便领六大金刚，僧佛弟子，净空四人，一众信徒往山下走去。

行一路，又有信徒加入队伍，再行一路，又有信徒加入队伍，如此反复，只行不足一里路，便聚积千众，此行便由此浩荡。

净空见此景，不仅叹道："诸法若如此，安能不兴旺？"

菩提子领众人，浩浩荡荡行百里，聚众甚巨，已数不清矣，不知行了多少个时辰，终是行至朝圣国，城门守卫见此状，皆是胆战，然无法令，断然不敢开门。

见此，菩提子便上前喊道："诸位将士，此城门大开无妨，吾等乃佛家义士，皆是自家人！今日君上被妖怪迷惑了双眼，怠慢了朝政，吾等将士岂可袖手旁观乎？国家昌运，与众生息息关乎，吾等岂可躲于城垢之后？当大开城门矣！"

诸将士闻言，皆不敢动，唯城下两兵士胆大，移开门栏伸手便推开巨门，只听"吱呀"一声，顿时城门大开，百姓欢呼。

菩提子顺势拿出金佛，刹时金光烁烁，一行人步入朝圣国，民众见金佛皆朝拜，此行浩荡，人潮涌动，菩提子面带微笑，手举金佛，单手行礼，一路往朝圣国大殿去也。

行至大殿前，一众护卫已守于此，为首两将身穿重甲，一将手持长毛戟，头戴青铜盔，腰间别一腰牌，上刻一"武"字，飒是威武。另一将手持双锏，头戴紫金冠，腰间别一腰牌，上刻一"心"字，飒是威风。

此二人，便是六诀士其二，号"诀武"、"诀心"。

二将军见众，皆不惧，手持武器，拦住去路。

欲知后事如何，且听下回分解。

第十五章　金面琵琶始现世
多仁国君终修法

菩提子一行进至大殿，两将军领一众护卫守于殿前。

一人手握黄金铜，神采奕奕，应道："大胆！"

一人手持长毛戟，怒目圆瞪，喝道："此乃天子门下！汝此行浩荡，祸乱朝纲，尔等莫是要造反！"

菩提子应道："国君懈怠朝政，乱修国法，崇信妖姬，迫害僧侣，乃是对天大不敬！如此作为，国运衰败，民生苦矣！当问，是狐妖迷了心眼，还是国君铁了心肠？"

民众哗然，皆奋起，护卫皆惊恐，拔剑相向。

二将惧惊，喝道："一派胡言！"

眼见兵戎相见，从大殿内急急跑出一兵士，兵士喊道："莫要动刀！莫要动刀！君上传中原僧觐见！君上传中原僧觐见！"

闻此言，双方皆不敢擅动。

菩提子道："法师，如此便替吾等，面见国君矣。"

净空点头不语，只穿过人海，朝大殿走去。

走入朝圣国大殿，不见文武百官，只见龙椅上，一对鸳鸯环抱痛哭，男子是朝圣国多仁国君，女子是多仁宠姜，号珠妃。

这珠妃肌肤似雪，恰是罕见美人，此时穿一件风袍，脸挂泪痕，着实惹人怜矣。

见净空至，两人方才分离，多仁国君从龙椅上下来，走到净空面前。

多仁国君紧握净空双手，双目婆娑道："吾闻一路行至朝圣国，此行山高路遥，若是平常，定要设宴相迎。今日朝圣国动乱，皆因我一人而起，还望法师救得吾姜。"

珠妃听闻，掩面痛哭。

净空道："此事尚有不知，君上可当讲。"

多仁国君便耳语净空，讲述前因后果。

净空又问："朝圣寺诸僧平安否？"

多仁国君道："押于地牢，三餐素食，断无大碍。"

净空点点头，朝多仁言道："已了然，贫僧定倾尽所能。"

言罢，净空面向珠妃，大喝道："一切因果，皆由尔起，金面琵琶狐！还不快快现身！"言罢，紫光法杖猛地杵向地面，霎时，紫光四起，一道紫光轰向珠妃，一瞬间浓烟四起，一只身形巨大，浑身赤毛，面门金毛，三尾四脚，尖嘴獠牙狐狸从浓烟中跳出，却是把多仁国君吓得瘫坐于地，不敢动弹！

金面琵琶狐看了一眼多仁，然后一跃而起，冲破大门，逃向大殿外，净空手持紫光法杖紧追其后。

"轰"的一声，大殿门被撞破，一只金面琵琶狐出现在众人眼前，众人皆惊恐，民众四散而逃。

诀武决心二将皆震惊，道："真是狐妖！"

六大金刚手持戒律棍护住民众。

那狐妖凶蛮，这僧法高强，一战谁胜败？且看风雨来！

那狐妖狂啸一声，使巨爪轰飞数人，双蹄一跃欲逃去，六大金刚显神威，手持戒律棍棒起，妖狐见状使节数，棍棒无情且重击，这边挥爪，那边舞棍，直斗得金光烁烁始不停。

诀武决心始信佛，手持长戟且重铜，挥舞神兵来相助，狐妖凶猛且彪悍，诸将各自显神通，只斗苍穹无尽头。净空手持紫光杖，踏云赶雾来相助，此妖凶悍法力深，净空劝退六金刚，一人使出浑圆法，顿时白云闪空雷，狐妖不敌且逃窜，净空布下金锣网，又使百妖册中册，只将狐妖收囊中。菩提已然知法师，微微一笑不再语。

至此，金面琵琶狐被净空收服，一众人入得大殿，已不见多仁国君，顷刻，一众僧人从大殿后走出，原来多仁已下令释放众僧侣，并回阁中忏悔。

菩提子双手合十，道："君上已皈依也。"

众人皆感叹："此事毕也！"众僧侣皆喜悦，各自领了行囊，复回寺也，一众人渐渐散去，净空手持紫光法杖，身背行囊，走出大殿外，却见朝圣国欣欣向荣，民众笑谈皆喜乐，仿佛不曾出此事。

菩提子与众弟子亦走出大殿，与净空行走于巷中。

菩提子道："法师此行辛劳，此行应往何处？"

净空道："尚未可知。"

菩提子道："朝圣国往东南，有一河，名唤响水河，近来生出些怪异，奈何此行匆匆，尚要回山复命，法师若是不弃，可往响水河一去。"

净空道："恰逢此时，去一趟无妨。"

菩提子笑道："如此甚好！"便行一佛礼，引众僧侣回山去也。

净空与菩提子分别，便持紫光法杖往东面去，行一路，却被人喊住，净空转身看去，原来是一信使骑马赶来。

信使上前道："可是净空法师？"

净空道："贫僧正是。"

信使松了一口气，叹道："一路飞驰，幸而追上法师也！吾乃中原信差，此行遥遥，差点命丧异国他乡。"

说罢，信使从怀中掏出水壶，猛灌一口，接着道："法师！大不妙！中原国与万花国交界处，有一处深渊，唤无底渊，此渊深不见底，传有万丈深。常人若落此渊，无一不成枯骨。此渊一直也无事，恰是法师去往藩国，那深渊下，不知何时生出数条巨藤，那巨藤吸日月精华而生，甚是壮硕，不一会便长至深渊口，又在那藤上结出个黑果。"

信使讲到此，又停下灌一口水，方才继续讲道："本也无事，君上命一小将前去查看，结果这小将贪功，放了一把火，那藤蔓有灵，不惧烈火，倒是把这小将卷进了深渊之中。此事震惊朝堂，然此等事，凡人断不能解。将军便谏言，唤法师回朝探之，君上准矣。"

净空道："原来如此，僧已知晓，然眼下一事未毕，当去响水河，此事毕，即动身回中原矣。"

信使道："如此甚好，信已传至，吾回朝复命矣。"言罢，便转身离去。

信使走远，净空手持紫光法杖继续赶路，不知行几个时辰，见一小镇，唤响水镇。净空走入响水镇，却见房屋破败，行人凋零。走余百步，见一老妇手捧簸箕晾晒糯米，便问道："施主，此处奈何人少？"

老妇应道："此处近响水河，渔民多，不知何时，那河里来了个妖怪，翻江弄水，抓人来食。民众惊怕，大多迁居，只剩些老弱病残，此镇由此凋零也。"

净空震惊，道："此处近朝圣寺，何处妖怪胆敢如此？"

老妇叹道："朝圣寺几经波折，只剩些皮囊和尚，估计经书都念不准矣，哪能降伏大妖？"

净空叹口气，谢过妇人，又往前走数十步，然后唤出百妖册，念动法咒，却见书中走出一女子。

女子身穿素衣，头戴发髻，身背行囊，从书中出，便跪于地上磕头道："妾谢过圣僧，大恩大德，无以为报，唯余生为圣僧祷念祈福。"

净空扶起女子，道："莫念莫念，此行只是苦了汝，就此隐姓埋名了，莫要再入权贵罢。"

女子流泪道："谨记，谨记。"言罢，女子背上行囊，转身离去也。

净空行一佛礼，又往响水河去。

行至响水河，却见河道汹涌，河水泛黄，岸边水草杂乱，久不见人迹也。净空在岸边行一路，见一破船搁浅，索性手持法杖飞身上船，又使法术驭船而行。

行一路，突然河水翻滚，一张巨口猛地从河底冒出，欲将破船吞食！果然有妖！那巨口袭来，净空猛地一跃，飞身至半空躲过，转身定睛一看，只见那妖一身蓝鳞甲，满嘴是尖牙，头顶红灯笼，双目冒精光，鳃边生两爪，爪细且尖长，一条黑摆尾，一摆千层浪！

那妖偷袭不成，恼羞成怒，猛地冲出水面，张口便咬。净空也不惧，手中法杖猛杵，只杵得阵阵紫光，一人一妖河面上交手数回合，那妖不敌，猛地钻入河底，净空哪里肯饶？使出解数追至河底，却见河底浪涛滚滚，无数骇人头骨沉积河底！

净空叹道："此妖杀虐重矣！"言罢，正欲寻那河妖，却见一阵水波袭来，净空闪躲不及，被轰飞数米！

原来那妖水下法力盛，一张巨口吞水生波浪，净空水下难施展，只得举杖硬格挡，那妖凶蛮法力强，接连吐出水波来，净空使出金刚法，一举法杖冲天际，飞出水面行至岸，那妖追出水面，又猛地挥舞巨浪，净空不愿纠缠，暂且退走。

净空离开响水河，败走数百米，衣衫已湿透，见一渔夫晒网，便上前问道："施主，吾遇水妖，湿了衣物行囊，可借住一宿？待烘干衣物便走。"

渔夫道："可也，法师快快请进。"言罢，引净空入屋，借了一身干净衣衫，又取来斋饭供食。

净空感激不尽，道："谢过施主，无以为报矣。"

渔夫笑道："法师斩妖除恶，已是功德，吾供斋饭，何足挂齿？"

净空叹道："奈何这河妖着实凶恶，几番不敌，无可奈何。"

渔夫道："法师不知，这响水河妖，乃是河中六恶之首，食人肉，弃人骨，精灵得很！此妖唤作孵沽，又与响尾、伏鱼、澜蟒、绿蜉、嘯琨合称河中六恶，非擅水法，难取胜矣。"

净空道："恰是如此，吾入这响水河，周身法力顿失，谈何诛妖矣。"

渔夫道："高僧，吾祖上传一宝贝，吾穿其渡河，皆无事矣，且拿与高僧一看。"说罢，渔夫转身入屋，随后取出一袈裟。净空看去，却见袈裟熠熠生辉，正闪着金芒，果真宝衣！

渔夫递与净空，道："此乃金袈衣，祖辈相传，此衣不惧水侵火扰，能抵酷暑严寒，更有避水一诀，法师得此衣，不惧河妖矣。切记，勿入死水潭，那死水潭汇聚六河之水，凶险矣。"

净空连连推辞道："如此至宝，万万不可，万万不可！"

渔夫道："倘若法师收服河妖，渔民皆敢下河，吾又何须此宝？吾一人存私，百姓皆不敢渡河，安敢如此？法师万万不可推辞，当着此衣。"

听罢，净空方才收下金袈衣，又将衣物烘烤，且借宿一晚，翌日前往响水河。

欲知后事如何，且听下回分解。

第十六章　响水岸得金裟衣
响水河大战河妖

翌日，净空得宝衫，起身不见渔夫，便往响水河去。行至响水河，只见河水泛黄，波涛汹涌，净空身披金裟衣，手持紫光杖，项戴念珠，飞身踏浪而行，行至河间，大喝道："汝等河妖！吾知尔名，速速来降！"

此言一出，只见河水猛地高涨，顷刻间便卷起层层浪，那水波处，一蓝鳞甲，嘴尖牙，红灯笼，目闪光，爪尖长，黑摆尾巨妖猛地窜出，果真是孵沽也！

那河妖张开血盆大口朝净空袭来，净空亦不惧，手持紫光杖挥杖便轰，只轰得紫光烁烁。那妖凶蛮，翻腾撕咬，一人一妖岸边直斗数回合，不分胜负。僵持不下，那妖又钻入水中遁逃，净空身着金裟衣亦下水。这金裟衣果真不凡，来去自由法力盛，入得水中无障碍，净空得此避水诀，心中不免意气发。

那妖水中复弄水，阵阵水波席卷来，净空已得避水法，全然不惧水中法，法杖舞动水波消，再舞法杖紫光起，河妖不敌且遁逃，净空御水身后追，一人一妖水中遁，不知不觉行百里。

净空追至一清潭，那妖猛地弹出水面，净空持仗飞身起，出得水面，却见潭水清澈，绿荫环绕，四处无人。岸边立一石碑，石碑上刻"死水潭"三个大字！

见石碑，净空心中大骇，此处正是渔夫所言死水潭，只见此潭清水流动，六河之水皆经此过，定是河妖汇聚之处，故人立"死水潭"一碑为戒。

然已至此，净空不得多想，只四顾寻找河妖，那河妖蹿出水面，又扎一猛子下得水去，净空御气踏水而行，却见两道水波游动，净空顿感不妙，手持紫光法杖戒备，那水波越游越快，靠近净空时突然暴起，那水下猛然跳出俩妖！

一妖唤绿蜉，身阔浑圆，两眼冒绿光，浑身布鳞甲，鱼鳃吐气，一张血盆口，两排尖利齿，无手无脚，一条阔尾重千斤，此时见净空，怒张巨口便来咬！

一妖唤蓝蟒，身窄且长，两眼冒蓝光，浑身灰鳞甲，两腮肿大，一张血盘口，两排尖利齿，无手无脚，一条巨尾排山海，此时见净空，怒目圆睁且扑来！

净空高深法力强，两妖夹击全无惧，手持法杖冲天起，一丈挥出万重光，直击妖精头与骨，两妖败退入河中。净空持仗入水中，宝衣护体全不惧，孵沽水中猛袭来，二妖巨齿钳住宝杖，净空使出如意珠，三妖暂且避了锋芒，游走潭底使出妖术，只见周围波浪卷起，直卷的巨石与淤泥翻腾，净空飞身出水面，却见当头闪一妖，口中吐水着实厉害，净空无暇顾河水，使出如意掌中诀，轰飞波浪闪身出，又见远处波浪起，定是河妖席卷来！一人孤身难如意，只得踏浪败走，众妖哪里肯轻饶？紧跟其后使出法力，净空无奈四望，果见水中一矮山，山中恰好一洞穴，水妖实在难招架，不容多想钻入洞中。

净空入得洞穴，洞穴外，河妖不肯散去，只围绕矮山游走。洞穴内漆黑一片，净空只寻了一处地方打坐歇息。

过一刻钟，净空复起身，走出洞穴，河妖仍未散去，净空咬紧牙关，一跃而下，势与河妖一决高下。

只见那河水，猛然高涨，一妖冲浪而起！只见那妖口鳃庞大，两颗牙锐利，一条尾响动，似鱼非鱼，似蛇非蛇，唤响尾！

响尾冲浪而至，口中黑气，气势凌人！净空举杖便劈，只听半空惊雷响，响尾不敌遁水去，净空低头望水去，却见阵阵波涛起，那河中又窜出一妖！

只见那妖两翼略长，背骨尖尖，两眼高凸，口吐雾气，牙齿尖长，唤伏鱼！

伏鱼快，展翅一游八百里，此时见净空，已是怒眼凸起，两翼拍水便杀上，那身形极快，瞬时便弹射而至！伏鱼至，净空侧身躲，避开杀招！只听"啪"的一声，伏鱼又落水遁逃，净空失神，却见水中三道水波游动，又有三妖扑水而上！原来是孵沽、澜蟒、绿蜉三妖！

　　三妖似那伏鱼，弹水而出，身似龙卷，只带得阵阵风响！净空见此景，举杖挥出万道光，全力一跃纵身起，三妖扑空落下水，净空半空未停稳，却见潭下五道波，五妖齐聚死水潭，如今恶战已难免，净空长叹念法咒，纵身反向潭下走。

　　却见净空化法身，金仙如意使掌诀，那正是：五指成诀且浩荡，金光浩荡震潭响，众妖胆颤四处窜，一掌轰开百米潭，伏鱼近身鳞甲裂，绿蜉背部出裂纹，澜蟒腰身挂红彩。五妖幸在水中游，皆是受得皮肉伤，此掌轰下众妖惧，环游一圈涨怒气，一涌而至吐水来，净空身着金裟衣，手持法杖使法力，一阵金光震潭水，如意金刚使网诀，数道金光纵地起，直往五妖捆绑去。五妖使法全不惧，五道水波成龙形，震开金网向前去，净空再使如意法，金光成诀护周全，哪知水波威力巨，一瞬震碎金刚体，法师顿时退百米，口吐鲜血稳身相，五妖齐聚显凶形，净空舞杖使法力，阵阵紫光耀妖目，趁此间歇飞身起，净空出得水面来，五妖安肯放其去？聚成一团再喷浪，数道水波冲天起，化成水龙奔袭去！如此水龙威力盛，净空踏水飞身起，扯碎念珠使法力，无数念珠化金龙，此乃大罗金仙法，威力撼天又动地，只见金龙撞水龙，潭水瞬间迸百米！金龙不敌水龙劲，净空不敌退百米，跌落岸边吐鲜血，此招着实威力强，宝衫震得裂纹起，浑身上下挂红彩。净空重伤落地面，五妖凶相方大显，一齐迸射出水面，生死之际悟法咒，金刚六诀已悟全。

净空盘坐于地面，手中结印，口中念法，却见阵阵金光起，道道佛印空中落。五妖霎时慌张，却见这妖吐雾，那妖喷雨，这妖吐毒，那妖喷烟，径直将法印消散了去！净空再结法印，阵阵金光化成万道妙手，万道妙手袭来，欲将五妖擒住，五妖顿时遁入水中，翻江捣水，只捣得潭水飞旋，化成水中龙卷，径直将那万道妙手消散了去！

龙卷飞腾朝岸边袭来，净空起身，使踏步至半空，倾注全身法力使出最后一诀"无上太虚诀"。只见金光聚拢于半空形成圆形，又在半空化作一道弧线轰向水中龙卷，霎时破开水波，五妖水底再使法，水龙再次冲天起，水龙金光相碰撞，顿时响声震天际，层层水波化雾气，两边皆是法力尽，五妖使法沉潭底，净空力竭坠水面。

见净空坠潭，五妖心不死，转身又生恶意起，净空知此劫难逃，使法唤出一符箓，此符乃是天雷咒，使出符咒天雷便至，只见潭面乌云布，顿时雷声滚滚来。净空使法出水面，雷声突然大作起，五妖胆颤且心惊，一道天雷降下来，五妖皆被震麻痹，再降一道天雷至，五妖震得魂魄碎，五妖力竭无处遁，昏迷浮出水面来，净空方使百妖册，耗尽法力收五妖，终是力竭昏迷去，水波阵阵席卷来，卷起法师与念珠，只往溪水顺流去。

且看净空，衣衫俱裂，念珠飘洒，行囊散去，法力耗尽，伤口迸裂，生死未卜，如此恶战，终是结矣。

却见溪水缓流，终是净空命不该绝，一妇人于岸边洗衣，却见法师浮于水面，吓得急忙跳起身，稍后冷静下来，又慌忙拿来竹杠，将净空捞了起来。

妇人又唤来一男子，二人原来是河边居住一夫妻，夫妻两人合力将净空抬进茅舍。夫妻二人寻了些草药敷其伤口，便出门去也。

待净空醒来，却见一妇女正拿针线缝补金裟衣，便问道："敢问施主，此地是何处？贫僧为何在此？"

那妇人见净空醒来，便道："吾是村中妇人，出门洗衣衫，撞见法师顺流而下，抢起杆子救起。吾夫见汝衣衫破烂，将自身布衣且借尔用，吾懂些针法，且帮法师缝补一下此衣。"

净空感激不尽，道："贵人心善，救命之恩，无以为报，当诵经祈福，永保贵人平安矣。"

妇人道："法师言重。"

净空又见桌上一串佛珠，正是如意金刚念珠，原来散落念珠被妇人捡到，用针线串好置于桌面。

两人搭话间，一男子推门而入，正是妇人丈夫，男子见净空，便问道："法师醒矣？"

净空道："是也，多谢二位相救。"

男子道："哪里话，举手之劳矣。"随后又叹一口气道："唉，这山中寺，还是进不得，求什么子嗣，无那福气。"

净空疑问道:"此话怎讲?"

妇人道:"此话不好开口,吾夫妻二人恩爱,却一直无子。听说河上游,有一座山中寺,山中寺有一妙树,树上结妙果,此果没甚大法力,只是能送子,一年生数果,果果皆珍稀。吾夫年年去,年年门外拒,香火有供奉,诚心讨欢喜,奈何地位低,无缘取果至。"

说罢,妇人掩面而泣,男子急忙安慰去。

净空闻此言,想起命悬河边,夫妻有救命之恩,便道:"二位莫愁,贫僧常修佛法,说不定讨个方便,能取个果来。便由贫僧去一趟山中寺,若得果,必送至。"

夫妻二人听罢大喜,皆拜谢法师。

却不知这山中寺,有何机缘?

欲知后事如何,且听下回分解。

第十七章　水里河打落水妖
山中寺取求子果

　　净空应承取果，便问了夫妇姓名，然后往山中去也。

　　行了数百米，果见一寺庙依山而建，此山浩荡，足有数百丈之高，山脚下铺了青石，却是形成一条小路通往山上去。净空顺着青石往山上走，不知走了多久，终于来到山顶，却见眼前寺庙偌大，香火鼎盛，门庭处刻"山中寺"三个大字。

　　行至山中寺，净空欲入寺，却见门外两个小僧扫地，净空便问："小僧，此处可是山中寺？"

　　小僧抬头看了一眼净空，道："是也，你是哪家来的和尚？来此作甚。"

　　净空道："吾乃中原僧，自中原国至此，因响水河妖作乱，前往伏妖，不慎受伤，被一户人家所救，受其所托，故来此山中寺。"

　　小僧摸了摸脑袋，道："中原国？未曾听过矣，不过前来论道，可往大堂去。"

　　净空谢过小僧，径直往大堂去，却见寺庙内灯火通明，四处烟雾缭绕，净空行至大堂，却见佛像金光烁烁，桌上贡品满桌，一行僧人正闭眼念经打坐，一派祥和模样。

众僧前面，有一老者身穿袈裟，似庙中住持，净空便上前礼拜。

老者问道："高僧来此山中寺，是何缘故？"

净空便将来龙去脉讲述一番。

老者听罢，点头道："如是往常，当赠果之，可惜吾寺今年无果，奈何矣。"

净空问道："为何无果？"

老者起身，道："可随吾来。"便引净空至寺院后院，行至后院，却见院子东边角落一处泥坑。

老者指着泥坑道："此处原本长一奇树，此树不知年岁几何，更不知所谓何树，只是年年结异果。此果生来浑圆，皮泛白光，有一奇效，男子食之，强精健体，易于得子。常年有信佛者来此求果，若是往年，当赠有缘之士，恰是前年，不知哪里来个妖怪，这妖怪生得健壮，一身粗毛发，相貌丑陋，力大无穷。这妖化作一阵风，来至我寺，倒也不伤人，只将一桌贡品食光，正欲走时，瞧见我院中此树，恰逢树上结果，那妖怪惊奇，便将大树倒拔而起，然后踏步唤云飞去了。我寺僧人追赶不上，只知此妖往后山飞去了，应是那山里妖怪。"

净空叹道："原来如此，怪不得那夫妇说，年年来求果，年年门外拒。"

老者叹道："不得已，不得已。"

净空道："如此，吾便去往后山，看看是哪路来的妖怪。寻得此树，定当来还。"

老者双手合十道："如此便谢过高僧，只是此行小心谨慎，勿被妖怪伤了。若来寺中，便报山隐方丈，吾弟子便知接应。"

净空亦回佛礼，随后走出山中寺，往后山去也。

行至后山，却见树木葱葱，枝叶遮天蔽日，不见阳光，净空寻一路径直走，不知走了多少步，却见一处洞穴，洞穴上立一石碑，碑上刻一行大字"九洞天大王"。

净空看此行字，笑道："九洞天大王，莫不是打洞的老鼠？"

话音刚落，洞内突然传来一阵骂声："妄言！吾可非鼠辈！"说罢，一道身影径直往洞外走去。净空定睛一瞧，却见一黄皮粗毛，头骨狭长，四肢粗短，尖嘴细腮的小妖走出洞口。

那妖手里拿着一杆旗，对着净空吼道："哪里来的赶路僧？在此诳语。"

净空笑道："汝就是九洞天大王？此处可有奇树？"

那妖道："吾乃九洞天小王，大王不在！奇树倒是知晓，小小僧士安敢叨扰！"

净空道："不过黄鼠狼成精，安敢诳语！"

那妖闻言怒起，手持旗子便抡，净空侧身便闪，那妖抡了几下，气急败坏地舍下旗子，一跃跳起，张牙舞爪袭向净空。净空亦不惧，手持如意金刚念珠使出法力，瞬间金光起，那妖猝不及防被轰飞数米，躺于地上一动不动。

净空走近前查看，不曾想这妖装死，猛地从尾部喷气，一瞬间烟雾弥漫，臭气熏天，净空闪躲不及，差点熏晕了过去。待烟雾散去，哪里还有妖怪影子？早就捡起旗子逃进洞矣。

洞穴窄小，净空入不得内，在洞穴附近来回踱步，想不出什么法子，索性往前行去。走了数百米，却见一猎户身背弓箭，手持砍刀正砍巨木，净空便上前请教："壮士身背箭羽，定是山中猎户，敢问可识得什么猎鼠的法子？"

猎户笑道："那简单了去。"

净空道："不是一般鼠辈，乃黄鼠狼成精。"

猎户大惊道："安敢得罪大仙。"

净空道："如何称妖怪为仙？"

猎户道："高僧不知，此处唤厚狈山，山中颇有些灵气，常有精怪在此修行，特别是黄鼠一类，颇有灵根，得道者甚多，不敢得罪也。"

净空笑道："吾乃佛教中人，至山中寺，听闻妖怪偷果，前来查看，却见黄鼠狼成精，便与之斗法。鼠辈不敌，放黄烟遁逃，洞穴窄小，吾进不得，方才至此。壮士有些诱鼠的办法，可传授与吾，此乃功德，福禄有报，尚且有天为证，何惧区区鼠辈？"

猎户笑道："恰是如此！恰是如此！吾打猎为生，自然晓得些法子，你且听吾说，这黄鼠狼最喜生鸡，若放些生鸡，那黄鼠狼定当饥肠难耐，不出片刻便来。"

净空道："如此好办，吾使些障眼法便可。"言罢，净空谢过猎户，便往回走去。行几百米，复见洞穴，净空便唤出百妖册，稍使法力，那书中便变出数只公鸡。那公鸡从书中走出来，也不走远，只在洞穴旁来回踱步，净空遂躲于树后静候时机。

不多时，一只黄鼠狼便探出头瞧了一眼，看见公鸡，便喜道："快来！快来！生鸡送上门矣！"这一喊，又从洞中跑出三四只黄鼠狼。净空惊讶，不曾想闯了妖精窝。

净空认真数了一遍，原是五只黄鼠狼。

黄鼠狼见了生鸡，一只手持旗子，一只两爪绷直，三只四肢着地，只往生鸡扑去。见时机已至，净空猛地使出天罗地网诀，只见数道金光骤起，金光化作巨网将五只小妖盖了过去，那五只小妖被金网所困，方知中计，只在网上大喊："爷爷救命矣！爷爷救命矣！"

那手拿旗子的小妖更是用力挥舞旗杆，那旗子好似有些法力，不一会便舞得林间沙沙作响。

净空正诧异，却见林间妖风大作，一黑影从空中飘来，净空抬头看去，见一手持钢叉，双目怒睁，黑皮黄毛，嘴尖鳃圆，相貌丑陋的妖怪站于黑云之上。

那大妖怒吼道："哪里来的和尚！安敢来此放肆！"

净空应道："汝可是九洞天大王？"

大妖应道："正是！抓吾小儿，可谓何事？"

净空道："吾经山中寺求果，方丈言汝连树偷去也，前来降汝。"

那妖大怒："小小僧士，如此诳语！吃吾一叉！"说罢，九洞天大王举叉便刺，净空飞身躲过，口中念大罗金仙掌诀，一道金光化作巨掌朝大妖拍去，金光袭来，九洞天大王却不惧，口中念诀，左手便化出一股飓风，飓风猛烈，一瞬间将金光吹散了去。

那妖凶蛮，脚踏乌云再刺，净空急忙闪避，那妖不依不饶，连连挥叉。奈何净空法杖不在，近身施展不开，便使一障眼法，接着唤出百妖册，将那五只小妖收去，又使法术踏云逃去。

那妖破开障眼法，却见小妖被收，心中愤怒，破口便骂："如此赖皮！如此赖皮！"一边骂一边驾黑云追赶，追至半路却不见净空踪迹，愤愤不平，又驾云回九洞天府，只是闷闷不乐。

净空收得五小妖，复回山中寺。见净空至，一众僧人便上前问道："可寻得奇树？"

净空道："知晓矣，原来是黄鼠狼成精，将奇树掳了去，吾设法收了五小妖，那大妖蛮横，吾响水河丢了法杖，一时不得取胜，若是寻得法杖不惧也。"

众僧便问："是何法杖？吾等可派弟子寻之。"

净空道："号紫光法杖。"众僧闻言，便回大殿与方丈商议，旋即选数名弟子下山寻仗，净空便于山中寺暂住。

且说九洞天大王回至九洞天府，心情烦闷，终日饮酒作乐。恰逢一日，一只野兔精前来探访，见黄鼠精闷闷不乐，便问缘故。

九洞天大王遂将事情原委讲述一遍，那野兔精听罢，笑道："大王愚昧，那僧人知大王取树，定是那山中寺之人，大王何必苦闷，号弟兄们围了那寺院，且叫僧侣们交人便可！"

九洞天大王听罢，犹如醍醐灌顶，喜道："妙哉！妙哉！还是兔兄聪慧！吾这便去！定要活捉那泼皮僧！"

言罢，起身走至洞府中央，寻了三尖叉，批件红斗篷，与那兔妖出得洞去。

原来这九洞天府，一共有九处洞穴，这九洞皆是天然溶洞，自然天成，颇有灵气，便引来九个山精到此修炼。黄鼠狼悟性最高，是九洞中法术最高者，自号九洞天大王，其余八妖各有其号，这野兔精便自号九洞天尊士。

只见九洞天大王与九洞天尊士二妖，手持兵器，号一众山精野怪，怒气冲冲，驾云至山中寺。

那兔妖在半空中便喊："汝等助贼人掳走大王儿孙！交出贼

人，否则血洗尔寺！"

众僧惊恐，急忙入大殿禀报。

欲知后事如何，且听下回分解。

第十八章　　山中寺得如意镯
　　　　　　九洞天收黄鼠妖

话说净空在山中寺静养数日。

一日寺中僧人推开房门，喜道："高僧，寻得法宝矣！快随吾来！"净空遂与僧前往大殿，却见两名小僧一左一右抬着一柄法杖，净空望去，果真紫光法杖也。

数名僧人走入大殿，其中一名道："不易也！吾师兄弟下山，将周边村镇寻了一遍，不见大师法杖。幸得吾小师弟机灵，沿着河道寻一遍，行经一矮山，突见两只小妖一前一后抬着大师法杖，师弟慌忙呼唤吾等，那两小妖受了惊吓，弃杖而逃。吾等便得法杖，遂回山中寺也。"

净空道："善哉，善哉，如此辛劳各位。"遂行一佛礼，众僧皆回礼，净空复得紫光法杖也。

翌日，众僧殿中诵经，突然一僧慌张进大殿，道："不妙也！不妙也！妖怪闯山也！"众僧惶恐，即命小僧唤净空，另有一众武僧提了棍棒刀枪走出殿外。

只见大殿外，一众妖怪架云至寺外，为首两妖一只黄鼠狼成精，号九洞天大王，手持三尖叉，法术高强，呼风唤雨不在话下。另一妖，乃狡兔成精，号九洞天尊士，手持摄魂圈，修为颇高，喷烟吐雾不在话下。

为首兔妖喊道："汝等助贼人掳走大王儿孙！交出贼人，否则血洗尔寺！"

众武僧怒起，应道："区区兔妖，安敢诳语！"

那兔妖羞怒，双手持圈，吼道："小的们！给我上！"言罢，便令众小妖一拥而上，众武僧亦不惧，手持刀枪棍棒与众妖缠斗，两边直斗得烟尘四起。

恰是此时，净空手持紫光法杖赶至，那黄鼠精见净空，顿时怒从心中起，恶向胆边生，大吼道："汝这泼皮僧！胆敢掳吾儿孙！吃吾一叉！"言罢，手持三尖叉便朝净空刺来。

净空已得紫光杖，妖精凶猛全不惧，飞身便使金仙法，鼠精法力高且强，吹风便消金光法，法师半空使法杖，阵阵紫光耀妖目，九洞天大王真不假，喷云吐雾消紫光，半空霹雳挥长叉，此叉来历不寻常，山中修炼遇仙翁，传授神功十八般，般般变化皆不同。又赠三尖叉一柄，五丁五甲造此叉，叉尖锻造有玄铁，柄身要用海中石，成型要用金晶火，造成神力皆不凡，趁手可赶星与月。

三尖叉威力猛，紫光杖法力强，一人一妖交手数十回合，不分胜负。久战不能取胜，净空虚晃一仗，架云便往寺中去，黄鼠妖哪里肯饶？架黑云便追，一边追一边骂："泼皮僧！安敢一战！"

净空不听，架云至寺门，使一障眼法便步入大殿，恰好遇见山隐方丈，便道："此妖好生厉害！吾与其缠斗数十回合，不分胜负，久战不胜，暂且使个障眼法，回至寺中。"

山隐方丈道："此妖道行高，强攻难以取胜，吾寺中有一法宝，乃师祖传下一双镯子，号如意镯，此宝镯不简单，一旦戴上，诸法不能解。"

净空喜道："如此妙也！那妖重情，吾变它儿孙，骗它戴矣。"

山隐方丈道："可也！"说罢，便取来一双银镯子，只见镯子圆润，正泛银光，果真至宝也。山隐方丈又耳语传授使用之法，讲完便回至禅房。

九洞天大王追至大殿，见净空在殿内，便喝道："泼皮僧！吃吾一叉！"说罢，举叉便刺来。

见三尖叉刺来，净空举杖便挡，九洞天大王凶蛮，又连连舞叉。净空使法杖连拆数招，又顾及殿内不好施展，便佯装不敌，且战且退，斗至后院门前，虚晃一杖，又飞身出院外。那九洞天大王使身法急追，边追边骂："泼皮僧！胆敢一战！"

却见寺院内一众武僧与众小妖斗在一处，净空无暇顾及，只唤云飞去，九洞天大王哪里肯饶？架黑云直追，追至半空又舞叉劈来，净空转身举紫光法杖便挡，一人一妖空中又斗法。

黄鼠妖再使法术，雷云携雨滚滚来，三尖叉一挥雷滚，三尖叉二舞雷震，三尖叉三指雷落，只见天雷滚滚来，法师半空使法术，如意念珠唤金光，大罗金仙结掌诀，法杖在手结界开，只见雷光撞金光，法力浩荡震云霄，鼠妖再使浑圆法，口中念诀手成风，阵阵阴风席卷来，化成龙卷盖天地，法师半空念法诀，万道金光平地起，半空成圆护周全，只见龙卷撞金芒，只听风声震九霄。鼠妖再使浑圆法，左手变出古瓷碗，瓷碗法力皆不凡，口中念诀暴雨落，瓷碗抛出水龙起，水龙汹涌且喘急，直奔法师冲天起，幸得法师金袈衣，习得一身避水诀，空中侧身使法力，道道紫光轰水龙，击退水龙架云去，暂避锋芒且遁走，鼠妖架云身后追，不诀生死不罢休。追上法师舞钢叉，法师举杖劈钢叉，一叉一杖斗法来，数百回合无胜负，鼠妖再使乾坤法，号得雷雨阵阵来，法师不敌且遁走，使出法诀护周全，架云又往寺中去。鼠妖怒骂身后赶，一前一后架云至。

净空架云落入山中寺后院，唤出百妖册使了个障眼法，只见书中变出几只黄鼠狼，个个有模有样，净空将如意镯递与黄鼠狼，便往大殿去也。

九洞天大王追至后院，却不见净空，此时几只黄鼠狼从殿内出来，见九洞天大王皆喊道："爷爷！爷爷！是来接小的吗？"

九洞天大王见一众黄鼠狼，以为净空不敌，放了一众鼠孙，便换了一副模样，慈眉善目道："小的们！可受了委屈？"

那一众黄鼠妖齐声道："爷爷，爷爷，吾等安好，莫忧心矣。"九洞天大王闻言，即松懈下来，将三尖又立于地面，盘腿坐下与众黄鼠妖耍闹。

为首一只，趁机拿出一副镯子道："爷爷，那僧放吾出来，吾在院中拾了一宝贝，且与爷爷戴上。"

那九洞天大王不以为意，道："哦？是何宝贝？"

那黄鼠妖早将如意镯戴上，净空此时从大殿中走出，消了障眼法，道："此镯唤如意镯。"九洞天大王闻言大惊，众鼠妖消散，九洞天大王急忙起身拿又，净空连忙念动咒语，却见两镯犹如万斤力气，顷刻吸附一处，只将九洞天大王捆在一起。

那妖心知不妙，口中念诀欲唤云，净空又念动咒语，两只如意镯变得千斤重，九洞天大王承受不得，双手坠地直直跪了下来。

九洞天大王怒视净空，道："汝这泼皮僧，吾与你无冤无仇！安敢加害于我？"

净空手持紫光法杖抵其额头，喝道："吾这如意镯，神通广大，专箍妖孽！吾这法杖无情，一杖可将头颅断！汝再狂言，命丧九泉！"

九洞天大王闻言，低下头来，轻声道："高僧，吾不敢！"

净空道："吾问汝，山中寺有一神树，结妙果，是汝掳去？"

九洞天大王道："却有此树！却有此树！吾山中兄弟修行，经寺中见奇树有助修行，便唤吾来求取果树。那一众僧人不允，吾凭神通倒拔神树而去。吾等自幼修行，未曾伤人矣！"

净空道："荒唐！此树乃众僧日日念经祷告方显其妙。汝掳去，与强人有何不同？吾这紫光杖安能饶矣？当斩首示众！"

九洞天大王闻言惊慌，连忙叩首道："法师饶命！法师饶命！却是不该偷树！吾识得法师宝物，有一法足抵吾命！"

净空怒道："有何法？"

九洞天大王道："吾师曾教吾，识得法师宝物《百妖册》，吾小儿孙皆被此册收服。然法师得此至宝，只晓收妖，安能驯之？吾师言传身教，授吾神通法，纵使册中千百界，来去自如无障碍。若法师饶命，宁当先锋，替法师训诫众妖！"

净空惊道："果真如此？"

九洞天大王连连叩拜，道："句句属实，不敢欺瞒！只需回洞取吾法器，便诚心随法师修行！"

净空道："如此甚好！"言罢，念口诀，解了法术。

九洞天大王从地上起来，礼拜道："弟子此番随法师修行矣，然儿孙尚幼，不便跟随，还望法师放其归山。吾担保其一心求善，不敢造次！"

净空闻言，便使法术唤出五只黄鼠狼。九洞天大王拜谢净空，即领五鼠妖驾云离去，行至半空，却见九洞天尊士与一众小妖正与众武僧打斗，九洞天大王即喊道："众兄弟！吾已皈依，众且散去！若再胡闹，休怪三尖叉无情！"一众妖众闻言即哗然散去。

狡兔妖恨道："汝弃吾等！"言罢，手持摄魂圈架云劈来，九洞天大王单手舞叉，不出三招便将狡兔妖打翻地面，那兔妖即使法术，变一只白兔钻进树林逃去。

九洞天大王即领五鼠妖驾云往九洞天府而去，行至九洞天府，九洞天大王放下五鼠妖，自身化云入得府中，随后又化云出得洞口，只是项上戴一黄绳玉佩，腰上背一巨树，树上结数个妙果，正闪着阵阵光芒。

众鼠妖皆不舍，抱着鼠妖哭道："爷爷可是抛弃吾等？"

九洞天大王含泪道："小的们！爷爷此番修行，不知几千里也！待法师百妖收尽，早归天宫，吾亦得道升仙，届时定会庇佑孙儿。吾未归洞，要好生修法！"小鼠妖听闻，方肯放开九洞天大王。

九洞天大王终是不舍，十步一回首，回首三望，终是踏云飞去也。

欲知后事如何，且听下回分解。

第十九章　黄鼠妖山中皈依
黄沙国沙妖作乱

话说九洞天大王取树回至山中寺，一众僧士早于后院等候，九洞天大王遂将巨树置于后院泥坑之上。

众僧见九洞天大王神力皆不安，九洞天大王遂摆手道："众僧士勿怕，吾已皈依，此行特来还树，日后将随法师修行。"

众僧方才放下戒备，礼拜道："阿弥陀佛，善哉善哉，如此机缘也，愿大仙早日功成圆满。"

九洞天大王亦行一佛礼，道："法师，吾守信已归，可唤百妖册。"

净空便走上前唤出百妖册，九洞天大王便使法力化一阵黄风入得百妖册。

众僧皆喜，有人爬树摘果，有人入大殿传唤方丈。不一会山隐方丈出得后院，见果树已还，亦喜道："净空法师功德一件！"

净空行礼道："幸得方丈传授神通，只是这黄鼠妖野性未泯，恐如意镯不便归还。"

山隐方丈沉思片刻，道："无妨，只待法师功德圆满，再还不迟。"

净空又道："仍有一事相托，那日因响水河妖作乱，前往伏妖，不慎受伤，被一户人家所救。受其所托前来求果，方丈如若方便，可命弟子前往送果。"

山隐道："无妨，仅一果矣，这便命小僧送去。"言罢，问了净空居所何处，又问准姓甚名谁，净空一一答之，山隐便命人摘果送去。

净空谢过山隐，道："如此无忧矣，当回中原国。"

山隐道："不便相送，就此拜别。"遂行佛礼，复回禅房。净空携行囊，出得山中寺，行至大路，却见锣鼓悲鸣，七八士卒正抬一鼎喜轿往北边去。

见喜轿悲鸣，净空心生好奇，便上前问道："诸位官人，见抬喜轿，为何锣鼓悲鸣？"

一士卒回首见净空，上下打量一番，道："和尚，汝有所不知，吾等前去黄沙国。黄沙国本是黄沙城，乃一小邦，不知何时来了一个妖怪，逞强显能，占城为王，改了名号，唤黄沙国。奈何我县靠近黄沙城，这妖怪行经我县，看中县太爷之女，欲强取之。太爷无奈，只此独女，唯有悲鸣。那妖命吾等抬四脚大轿，务必今日送往，如若不从，全县遭殃，吾等无可奈何。"

净空震惊，道："何处妖怪如此霸道？"

士卒道："不知晓，只听闻唤沙吐石，好生厉害。"

轿中女子闻言，低声哭泣，净空走近轿子，道："施主莫泣，吾乃中原僧，前往朝圣国求道，回中原国途经此地。与施主有缘，吾可替施主前往黄沙国，黄沙城妖怪，定竭力降之。"

女子闻言，感激道："如此大恩，感激涕零，小女子无以为报，定让太爷兴修庙宇，普法念佛。"

净空道："如此甚好，便请施主自回。僧人不便坐喜轿，恐妖怪生疑，吾唤弟子坐轿子，尔等且继续抬价吹锣，往黄沙国去也。"

士卒疑道："只见法师，何来弟子？"

净空默念九洞天大王，却见一阵黄风吹来，九洞天大王显形而出，道："法师何故唤我？"

一众士卒见九洞天大王，皆惊慌四窜。

净空连忙摆手道："诸位莫慌！诸位莫慌！此乃弟子九洞天大王，不伤人矣！"

士卒方才稳住，道："以为妖矣。"

净空将来龙去脉讲述一番。

九洞天大王笑道："如此，是叫吾坐这轿子，骗那妖怪矣。也罢，且坐一趟，试试这当官是何滋味。"言罢，便坐上轿子。

净空又唤县太爷之女下轿子，与两名随从往县城回去，剩余士卒抬轿鸣鼓，浩浩荡荡往黄沙国去也。

行至黄沙城，却见一众小妖守城，见士卒抬轿而至，一众小妖一拥而上夺了轿子，又驱赶一众士卒回去，众士卒皆散，唯净空不动。

一小妖上前，问道："和尚，为何不走？"

净空道："听闻大王今日成婚，此乃大喜，县令诚邀吾前来念经祝寿，以庇佑小姐平安。"

小妖笑道："吾大王乃赤沙大王，法术高强无人能敌，小姐有大王庇护，何须弥勒尔。既是县太爷安排，随行也罢。"言罢，抬起轿子，与一众小妖敲锣打鼓，欢天喜地往黄沙城行去。

行一路，却见两边屋门紧锁，民众皆不敢出门。行一路，见一座高塔，塔外张灯结彩，塔内摆弄红布，一副喜庆模样。只见塔内一众小妖围席而坐。为首一妖，身粗体宽，白毛厚背，两角尖锐，铁环穿鼻，口喘粗气，原来是牦牛成精矣。

只见牦牛妖身披红衣，头戴红帽，见轿抬至，笑脸盈盈道："吾娘子来也！吾娘子来也！"

牦牛妖迫不及待走上前，伸手揭帘，却见轿中一声怒喝："何处妖怪？强掳民女！吃吾一叉！"随即一柄三尖叉刺出，牦牛妖惊慌失措，慌忙向后躲去，一连撞翻许多桌椅。

九洞天大王从轿中跳出，手持三尖叉便杀来，那牦牛妖急忙褪去红衣，翻身从桌下拿出一柄长戟。

一众小妖纷纷拿兵器，净空举法杖迎来，数小妖仗着妖目众多，一时间蜂拥而上，净空持杖缠斗，一时间打得难舍难分。

牦牛妖摸到兵器，一时间怒起，举戟便刺，九洞天大王持叉便舞，两边缠斗，只斗得阵阵风起。

牦牛妖与九洞天大王斗数十回合，不分胜负。塔内狭窄，牦牛妖不便施展，虚晃一戟，便飞身出塔。九洞天大王哪里肯饶？架云便追。出得塔外，牦牛妖吹风化云，踏云遁走数十里，只出了黄沙城，又行至一处荒漠。九洞天大王不识牦牛妖法术，只一路追至荒漠。

那牦牛妖转身喝道："哪里来的妖怪？胆敢误本大王好事！"

九洞天大王笑道："孽畜，安敢自称大王！吾乃厚狈山修行大仙，号九洞天大王，早皈依佛法，今跟随法师修行。行经此处，听闻妖怪强抢民女，特来此降妖！"

牦牛妖怒道："好大的口气！今日且教汝识得吾赤沙大王！"言罢，牦牛妖口中念诀，再吹一口气，霎时沙尘滚滚，不多时便化作一阵沙中龙卷。

九洞天大王惊道："好生厉害的沙暴！"不及多想，那沙尘便滚滚而来，九洞天大王急忙变出古瓷碗，又念咒唤雷云，古瓷碗抛出，雷云降雨成水龙，只见沙暴撞水龙，水龙散尽飞沙走。

那牦牛妖又吹一口气，阵阵飞沙席卷来，牦牛妖脚踏飞沙，手持长戟便杀来！九洞天大王亦不惧，手持三尖叉便舞去！

两妖相斗黄沙颤，阵阵银光飞沙抖，九洞大王真不假，手中所持三尖叉，威力可撼天与地，五丁五甲造此叉，叉尖锻造有玄铁，柄身要用海中石，成型要用金晶火，造成神力皆不凡，趁手可赶星与月。牛妖亦有天山戟，此戟来历亦不凡，自幼随师天山仙，天水池中悟道全，日月养成精气神，习得一身变化法，摆弄五行为土性，吹沙走石全不怕，天仙赠赐天山戟，此戟采用玄天铁，天山仙洞离火炼，造成可使日月法，戟出天地亦颤动。两妖法力皆不凡，搬弄法术不相让，生死相斗月无光，法术撼动天地颤。

九洞天大王与赤沙大王缠斗数百回合，不分胜负。

赤沙大王久战不胜，心中急躁，骂道："泼妖！什么仇怨！且坏俺好事！讨打！"赤沙大王怒吹一口气，却见沙尘四起，九洞天大王不擅水法，见沙尘席卷，且收了三尖叉使斗篷遮尘驾云遁去。

牛妖哪里肯饶？架云直追。追至半路，却见净空手持紫光法杖杀出，牛妖举天山戟便挡，一人一妖斗数十回合，不分胜负。九洞天大王见净空至，又转身助战。赤沙大王不敌，架云遁逃，净空架云便追，行云百里见一高山，山中立一洞府，号"赤沙洞"，府外立一扇红漆钢钉门，煞是威武。

赤沙大王架云至赤沙洞，口中念诀洞门便开，赤沙大王入得洞内，洞门又自然合起。

净空与九洞天大王追至赤沙洞，赤沙大王早已躲进洞外。见大门紧闭，净空用紫光法杖杵，巨门宛如万斤重，任凭如何使力纹丝不动。九洞天大王便在门外叫阵，那牛妖充耳不闻，皆是不理。

净空无奈，便与九洞天大王复回黄沙城。

回至黄沙城，九洞天大王化一阵黄风，入得百妖册。净空走进黄沙城，却见百姓相迎，原来净空塔内降妖，众百姓以为妖已诛尽，念法师功德，故来此迎接。

民众道："塔内众妖死的死，逃的逃，黄沙城平安，法师功德也。"

净空道："阿弥陀佛，尚有一牛妖未降服。此妖通晓土法，又藏于洞中不出，实难降之。"

民众哗然，皆怕牛妖，此时人群众走出一老者，道："西边有一仙山，号灵宝山，山中一仙士号灵宝尊者。灵宝尊者道法高强，法师可往西去求助。"

净空谢过老者，便驾云西行。

行数十里果见一矮山，山中仙气缭绕，却似修行之所。

净空入得矮山，却见山中一荷塘，荷塘中央一道人正盘坐莲叶之上修行。

欲知后事如何，且听下回分解。

第二十章　灵宝山借九龙锁
赤沙洞收牦牛妖

净空行至灵宝山，见一道人盘坐莲叶修行，便上前礼拜道："敢问是灵宝尊者？"

那道人睁眼望一眼净空，应道："是也，来灵宝山所谓何事？"

净空道："吾乃中原僧，行经黄沙城，见一妖怪凶蛮，强抢民女。吾前往降妖，见一牦牛妖，此妖凶悍，擅使沙暴，吾不能取胜。此妖又藏于赤沙洞，洞壁坚韧，无可奈何，特来此请教。"

灵宝尊者听罢，哈哈大笑道："原来如此，那牦牛妖吾识得！常随师兄天山仙士修行。那妖擅使法术，一般法器不能伤矣，吾有法宝两件，一件乃九龙锁，此锁乃天山玄铁锻造而成，其有九种变化。一旦使出，铁索捆绕，纵使万斤蛮力不可破也。另一件乃灵宝珠，又名驱沙珠，有一神通，能消沙暴。有此二宝，足可降之。"

净空又道："此妖躲于赤沙洞不出，该当如何？"

灵宝尊者道："此妖下山，乃犯情关，以此激之，定当回应。"

净空道："如此谢过尊者。"

灵宝尊者道："无须道谢。此妖虽犯戒律，然不曾伤人，如何处置，法师自行斟酌。"言罢，变出两件法宝交予净空，又口授法咒。净空拜谢灵宝尊者，遂驾云而回。

净空架云至赤沙洞，复唤九洞天大王，道："如灵宝尊者所言，吾二人在此，此妖定当不出，汝可言语激之，吾伏于后山，待此妖出洞，一并伏之。"言罢，手持紫光法杖藏于后山。

九洞天大王手持三尖叉，依然门外叫阵，足足喊半个时辰，牛妖不为所动。

见牛妖不出，九洞天大王便咬牙道："如此无胆，安敢取太爷之女！且好生躲于洞中，看吾取而代之！"门后一小妖听闻此言，慌忙禀报牛妖。

牛妖听小妖讲完，起身恨道："如此泼皮！安敢诳语！且吃爷爷一戟！"说罢，戴一件灰篷衣，手持长戟便飞身出洞。

赤沙大王飞身出洞，举锏便劈！九洞天大王一跃而起，持叉便舞！只听兵刃打珰响，各称大王逞术强，这边舞叉，那边挥锏，只斗凌霄不相让！

这边号作赤沙王，那边唤作九洞仙，赤沙挥锏力道刚，洞仙舞叉神通广，各使法术斗云霄，洞天大王真不假，舞叉便使天雷法，手中念诀乌云至，雷声滚滚伴雨来！赤沙大王却犀利，手中念诀口吐风，霎时风沙遍地起，黄沙漫天风盖地，直成龙卷消雷鸣，飞沙伴石席卷来，纵是大仙亦难消！

见赤沙大王唤出漫天黄沙，净空急忙从后山飞出，手中摆弄灵宝珠，只消片刻，那飞沙果然消停！

赤沙大王识得此丹，惊道："师叔灵宝珠竟然在此！"言罢，收了天山戟，架云慌张便逃。净空急忙架云拦住去路，手持紫光法杖便劈，赤沙大王急忙出戟与净空斗一处。另一边九洞天大王持三尖叉杀至，牛妖自知不敌，连忙弃云落地面，牛鼻喷气化法身，却见牦牛身躯数丈高，四肢壮硕力千斤，铜皮铁骨兵器消。

见赤沙大王化牛，净空收了法杖，口中念诀使出九龙锁，却见一道铁锁飞出，铁锁在半空绕了半圈，然后径直朝牛妖捆去！那牛妖见铁锁，瞬间失神，欲逃窜，却被铁锁追上严严实实捆了数圈。

牛妖被九龙锁捆了，动弹不得，瘫坐地面，净空与九洞天大王追赶上前。

九洞天大王拿三尖叉抵住牛妖咽喉，道："孽畜，还敢放肆？"

那牛妖连连磕头求饶："弟子不敢！弟子不敢！吾乃天山仙修行弟子，得师门命，特来此治沙，一时糊涂，被美人迷了心窍！还望法师饶恕，此番不敢造次，愿随法师修行！愿随法师修行！"

净空道："吾可识得此锁？"

牛妖道："识得识得！此乃九龙锁，且有九般变化，一旦锁上，无可解也。"

净空道："如此尚好，吾日前收得五河妖，河妖凶蛮，在册中尚不安分，且将九龙锁交汝，替吾看管河妖，也乃功德一件！"

牛妖连连磕头，道："愿随法师修行，愿随法师修行！"

净空便使法解了九龙锁，那牛妖抖索身子，又变化为赤沙大王，净空便将九龙锁交与赤沙大王，又唤出百妖册，九洞天大王便与赤沙大王化一阵黄风，入得百妖册。不多时，却见百妖册中波涛翻滚，只消瞬间，赤沙大王便手持五条铁索从书中飞出，铁索后边，严严实实捆五只河妖！

赤沙大王道："法师安心！定驯服五河妖！"

净空点头道："如此甚好！"言罢，赤沙大王又扯五条铁索化一阵黄风，入得百妖册。

至此，净空收得赤沙大王，复回黄沙城矣。

回至黄沙城，净空唤百姓，道："黄沙城诸妖已降。"

百姓皆欢喜，欲设宴相待，净空婉拒，又将一颗灵珠赠赐长者，道："此乃灵宝珠，能消沙暴，如此，黄沙城不惧黄沙，百姓安居也。"

民众皆喜，均拜谢净空。诸事毕，净空复转身，欲出黄沙城，却见一信差骑快马赶来！净空识得此人，原来是朝圣国所见中原信差。

信差来至净空跟前，急道："吾日夜追赶，可寻得法师也。"

净空道："响水河耽搁数日，实属抱歉，信差今日至，所谓何事？"

信差道："法师有所不知，此事急也！法师前往响水河数日，翻天变化！原先那无底渊，结了一个黑果，那果吸收日月精华，不多时，从果内蹦出一个魔头。那魔头法力通天，在那无底渊造了一处妖寨，又引来众多妖魔相聚，不多时便声势浩大，君上恐妖魔作乱，遣军队前去伏妖，不曾想，这妖神通广大，化一阵黑风将士卒卷去。那魔头愤愤不平，又命五妖，化作人形，写了数封战书，分别送去周围诸国。"

信差缓了缓，继续道："这可不得了！君上即命众将士，于中原国界急修百米城寨，号拒妖寨，又唤诸国派遣精兵强将于此，势与众妖一决胜负！吾领命，速传信差诏法师回国也！"

净空道："差使一路辛劳！吾当即刻回国！"

信差道："如此甚好！出得黄沙城，当一路南行，经万花国，便至拒妖寨，此时诸国皆已出兵，法师快快启程！"言罢，转身骑马离去，净空不敢耽误，寻一户人家，借得马匹，上马往南飞驰而去。

出得黄沙城，行经林间小道，不知骑行几个时辰，终于行至万花国。净空不敢耽搁，一路骑行穿过万花国，终于见一处城寨，却见城寨高百米，其间立一牌匾，匾上刻三个大字"拒妖寨"！

净空行至拒妖寨，下马走去，两边士卒识得净空，急忙迎上，道："法师回矣！"

净空道："汝等却识得吾？"

士卒道："法师事迹，传遍中原，如何不识，法师快随吾来！"言罢，士卒领净空至寨内，却见高寨之内，众将士严阵以待，拒妖寨二层，威震神远四方大将军早已领诸将久候，古裕风、虎蛮、顾晨曦亦在其中。

见净空至，定方将军急忙起身相迎，道："法师可算归矣！此番辛劳！此番辛劳！"

净空礼拜道："因事耽误，回国晚矣，如今是何状况？"

众人见净空至，皆来问候，定方将军指着寨前，道："拒妖寨五十里，众妖集结，声势浩大，如此看来，不出数日，妖众必将攻寨！吾携五万精兵守拒妖寨已有数日，如今法师至，幸也！"

净空在高寨定睛看去，果真远处黑点窜动，似有众妖集结。

恰是此时，城卫来报："报！万花国援军已至！"原来万花国收得密信，已由炎龙将军领问鼎阁新募百士及五千精兵赶至。

见炎龙至，定方将军欣喜迎接，不多时，城卫又报："报！朝圣国五诀士领五千兵至！"定方寨上接应，众将士聚积于寨上，又过一时辰，却见白尘及玄阴子领一千天兵至，定方将军见此阵仗，信心大增，遂命部下紧修城防，又设宴款待众将。

另一边，拒妖寨五十里外，众妖集结。却见为首一妖，身长九尺，臂膀粗大，獠牙尖长，一双蓝瞳。却是那黑果所生妖王，自称圣天大王，使一柄单凤戟，戴一顶紫金冠，披一件黑斗篷，好不威风。

圣天大王坐于宝座之上，座下众妖皆俯首称臣。其中有两妖长相尖酸，一只瞎了左眼，原是老狐成妖，号紫山大王。一只瘸了右腿，原是老狼成精，号青竹大王。两妖没甚本事，胜在狡猾机灵，早早听闻无底渊出了个妖王，便来无底渊，顶了个军师的职守。

无底渊原先平静，恰逢当日朝圣国命将士前来，二妖慌忙禀报，圣天大王怒起，使法术将众将卷去。

紫山大王、青竹大王曾被猎人所伤，皆愤恨于心，便怂恿道："此番中原国来犯，不怀好意！大王生于日月，法相撼天，何不聚众妖挑战，也好杀杀诸国威风！"

圣天大王道："言之有理！奈何如今妖目数寡，何以敌之？"

二妖笑道："大王何须烦忧！此等撼天动地之大事，大王只需传信，众妖皆来投矣！"

圣天大王拍座而起，道："好！吾生于日月，凡夫俗子安敢叨扰！吾便号众妖，且平了这中原数国！"

如此，百妖皆传无底渊妖王之事，众妖纷纷来投。

欲知后事如何，且听下回分解。

第二十一章　无底渊百妖汇集　拒妖寨众星相聚

话说无底渊出了个妖王，号圣天大王。

中原国君恐其祸乱民间，派遣将士伏妖，却被妖王化一阵风卷去，生死未卜。

妖王回至无底渊，有老狐成妖号紫山大王，老狼成精号青竹大王，二妖伴其左右，自称左右军师。

二妖听闻中原国来犯，便怂恿圣天大王挑战诸国，又使众妖广传此事。一时间众妖纷纷来投，此间便有风铃城众大妖嚣琨、蛊雕、九钩虫、壑窳、伏鲸等。

众妖齐聚，圣天大王坐于宝座之上，道："诸国于拒妖寨集结，谁可当前锋？"

众妖中走出一尖嘴獠牙，珠如圆筒，身形硕大，肤如坚石，浑身赤毛大妖高声道："吾乃磅峒！愿当前锋！"

青竹大王笑道："前锋事大，可有本领？"

磅峒道："深山修得开山力，双臂浑圆金刚体，刀劈不坏，水火不侵！"

紫山大王笑道："如此神力，可当前锋！着五百妖兵，即往平原处布阵。"磅峒领命而去。

无底渊之上便是平原，视野辽阔，唯拒妖寨右侧有数座矮山。紫山大王虽法力不高，然见多识广，精通行兵布阵，知晓此处多为平原，即命磅峒为前锋，九钩虫领妖兵五百为左翼，蛊雕领妖兵五百为右翼，嗤琨、堑窳领妖兵一千为中营，圣天大王于中营亲率一百亲兵，伏鲸领余下妖兵为后营。如此，众妖纷纷于平原处集结。

众妖至平原处，紫山大王道："如此兵力，尚不足以，如布一支妖兵伏于矮山，待两军交战，奇袭大寨，定能取胜。"

圣天大王道："如此便由青竹大王去也？"

青竹大王吓得冷汗直冒，正欲回拒，却见一小妖来报："报！大王！有一黑蝠妖领五百妖兵来投！"

青竹大王喜道："大王幸也！黑蝠妖擅飞行，可做伏兵也！"

圣天大王点头道："是也！"不多时，果见黑蝠妖领小妖至，圣天大王便命其领兵伏于矮山，黑蝠妖领命而去。

众妖于平原处汇集，圣天大王手持银凤枪于阵前点兵，却见紫山大王、青竹大王与一众妖兵相随，好不威风！

只见圣天大王行于阵前，高声道："诸国欺我妖族已久，吾圣天大王今日起事，诸妖且随吾踏平中原！"妖众皆响应，圣天大王即命众妖奔赴拒妖寨，一时间声势浩荡！

众妖奔赴拒妖寨，声势浩大，惊得一路山精野兽慌乱逃窜，众妖急奔四十里路，离拒妖寨十里外安营扎寨。

待众妖汇聚，紫山大王即唤磅峒，道："汝为先锋，且领妖众杀奔拒妖寨，此战不急取胜，且探虚实！辛劳矣！"磅峒领命而去，出得大营，取来兵器星月长刀，即点妖兵五百杀往拒妖寨！

另一边，中原国探子窥见妖兵已至寨前，急回拒妖寨禀报，威震四方神远大将军即唤众将于寨上商议。

探子道："报！拒妖寨十里外，众妖汇聚！一大妖为前锋，领众妖兵正杀往拒妖寨！"

定方将军道："知晓，且退去！"又面向众将道："妖众祸乱人间，吾等盖世英雄，且替天行道矣！今日谁愿为前锋？且杀出个好彩头！"

虎蛮上前道："吾有开山之力，可作前锋！"

定方将军喜道："如此尚好！汝便领一千骑兵前去冲击阵型！此行凶险，切勿恋战！"

虎蛮领命而去，下得拒妖寨即刻点一千骑兵，浩浩荡荡行至寨门处，守城将士大开城门，虎蛮领快骑往无底渊方向疾驰而去，不多时便见一众妖兵急走，虎蛮急命众骑加快马步，迎着妖兵冲杀而去。

磅峒领妖兵急行五里路，却见一支骑兵迎面袭来，众小妖惊慌失措，一时间被撞飞数米。磅峒大妖见状，急舞星月长刀砍向马背，一时间数匹快马受惊四窜，直将马背士兵拱了出去，磅峒勇猛，连伤数人，众小妖顿时士气大振，手持兵刃与骑兵冲杀一处，两军交战，直杀得烟尘滚滚。

虎蛮骑快马撞飞数名小妖，见阵前杀出大妖磅峒，挥舞长刀砍杀数人，心中急躁，又不擅使长兵器，便飞身下马，唤出鸳鸯环飞掷磅峒。

鸳鸯环有神力，磅峒不敢大意，接连念诀，以星月长刀劈砍，化解鸳鸯环攻势，又一跃而起朝虎蛮挥出刀气。虎蛮急忙闪躲，刀气犀利，径直破开地面半米，霎时沙尘飞扬。

磅峒擅使刀法，虎蛮不敢大意，念诀收回鸳鸯环，汇聚一团使神力，霎时五彩光芒起，八环汇聚成一体，随着虎蛮运功，一道白光从圆环中轰出，飞速射向磅峒，此招犀利，磅峒急忙挥刀劈下，只听一声巨响，白光炸开，磅峒被震飞数米，手中星月长刀亦掉落地面。

虎蛮见大妖长刀飞落，找准时机便跨步冲上，双手戴鸳鸯环朝大妖磅峒轰下，那磅峒全然不怕，双臂硬接虎蛮一击，只听一声巨响，四周沙尘四起，磅峒毫发无损。

虎蛮惊道："此妖铜皮铁骨也！"说罢，念诀使法，双臂戴鸳鸯环再挥一击，磅峒仗着铜皮铁骨振臂回击，一人一妖直斗得沙尘四起，酣战数十回合不分胜负。

　　见两军焦灼，紫山大王急命小妖放令箭，使前锋妖兵换兵器"斩马刀"迎战骑兵，又使全军急行二里路，使左翼、右翼两军妖兵换盾阵，一左一右压阵，分左中右三路夹击虎蛮骑兵队，三路令箭齐发，只见众妖兵奉命行军，一时间黑压压一片往战场奔杀而去。

　　定方从拒妖寨观妖兵动向，却见妖兵换斩马刀，急道："不好！壮士危矣！"言罢，急命士兵挥旗唤虎蛮回撤，又唤白尘携顾晨曦领一千弓箭手支援。

　　虎蛮与磅峒正酣战，突见前方三道令箭，又见两路盾阵压来，顿感不妙，回身却见诏令回撤。正欲回撤，磅峒却寻得星月长刀杀来，虎蛮只得回身格挡，两人酣战间，众妖兵已换斩马刀。妖兵凶悍，直杀得骑兵人仰马翻，虎蛮亦被妖众团团围住。此时磅峒瞧准时机一跃而起，蓄力劈出一刀，直取虎蛮命门。

　　众妖围困，虎蛮目不暇接，长刀即将劈至！危难之际，却见一支利箭从虎蛮身后急射而出！此箭犀利，磅峒急忙收刀格挡，只听"叮"的一声脆响，箭羽已被长刀挡下。磅峒尚未回过神来，身后又齐刷刷射来一阵利箭。原来白尘所率弓箭手已赶至，众妖兵尚未反应，皆被利箭穿心而亡。白尘命弓箭手再次齐射，箭羽齐发，空中黑压压一片，磅峒慌乱，正欲败走，却见四周黑压压一片妖兵持盾赶至。

只听盾牌叮当作响，利箭纷纷挡落！

白尘见盾兵至，急道："克制也！暂且退走！"顾晨曦骑快马赶上虎蛮，又拉弓虚射几箭，接上虎蛮便扬尘而去。众军士暂且败走，众妖兵士气大振，持兵刃便追。

众妖急追两里路，此时天色已暗，紫山大王恐前方有诈，方下令妖军扎营。

妖兵强悍，虎蛮败走，众将士皆惶恐。待顾晨曦、白尘、虎蛮归寨，定方持火把上拒妖寨瞭望台，驻足眺望，却见妖兵拒寨不足五里，心中惊恐，急命士兵唤众将至拒妖寨二层。

净空收传令便去往二层，却见众将早至二层，定方将军于阁楼来回踱步，见净空至，方开口道："法师至也！"

净空看一眼四周，却见白尘、玄阴子、古裕风、顾晨曦于定方将军左侧。诀武，诀心，诀仁，诀义，诀礼，五诀士与万花国炎龙将军站于定方将军右侧。众将相聚拒妖寨，净空内心却是不安，此番百妖汇集无底渊，又挑战诸国，定是有备而来，可见妖王法力强盛，此番难免恶战。

净空行至左侧，行一佛礼，道："贫僧来迟。"

定方将军道："无妨！如今妖兵已至，该当如何？"

五诀士道："是也！如今妖兵压寨，如何是好？"

古裕风道："恐妖兵夜袭。"

定方将军道："妖寨临时搭建，妖兵凶悍，如若夜袭，又用火攻，此寨难守。"

古裕风道："当加固城防，以砂石覆盖，不惧火也。"

白尘道："言之有理，若拒妖寨偌大，一时难覆盖，今夜遇袭，难挡也。"

顾晨曦道："小女子有一言。"

定方将军道："有何妙计？可讲也。"

顾晨曦道："与其惶恐，不如趁机出击。所谓先手为强，且派精锐夜袭妖怪大营，杀个出其不意，打个措手不及。众妖急守大营，如何袭寨？若是擒了个妖王，岂不是胜了此仗？"

定方将军喜道："不碍事，也算可行之策。今日妖众，一时用枪，一时换刀，可谓变化多端。尚有探子来报，妖兵左右二翼临时换盾，果真狡诈也！若夜袭妖营，众将军可有把握？"

五诀士道："吾等擅长快骑，可由吾等领骑兵携强弓，杀小妖一众措手不及！且擒住妖王去！"

定方将军道："如此甚好！诸位将军万万小心！"

五诀士领命，亲率五千快骑于拒妖寨下集结。

此五千骑，皆是朝圣国精锐，每一骑，皆装备精良，银甲弯刀，身背长弓，精神抖擞。

骑兵集结完毕，五诀士便一声号令，率五千骑急奔妖众大营而去！

另一边，紫山大王唤诸妖于大营。只见圣天大王坐于营中，青竹大王、紫山大王站于左右，一众大妖站于面前。

紫山大王道："于军情所见，理应攻寨，然今夜星象怪异，吾恐有诈，不敢贸然攻取。唤众于此，乃提醒敌军夜袭。左右两翼，于百米外扎营，吾设一处空营于阵前，只留哨兵。吾中营大开，敌军若至，必现火光，此时箭令为号，二翼伏至，敌军当全军覆没。若敌军未至，诸位安心歇息，明日攻寨。"

众妖领命而去。

欲知后事如何，且听下回分解。

第二十二章　百妖营火光冲天
拒妖寨狼烟四起

五诀士领命亲率五千快骑，连夜奔袭妖军大营，临近妖兵大营，五诀士却慢下马步，在马上商议。

诀义道："此番袭击妖寨，恐防有诈。"

诀礼道："是也，今日妖兵浩荡，如是分三营扎寨，吾军强袭中营，尔后遭左右伏击，不幸也。"

诀武道："所言极是，可有对策？"

诀心道："且兵分三路，一路直取大营，二路分左右夹击，若左右遇妖兵则挡之，若不遇，三路夹击，当可取胜。"

诀武点头道："妖营将至，便如此也，由吾与诀义为中路，直取中营。诀心诀礼，汝等围攻左侧，诀仁围攻右侧。"

四诀士皆回应，如此五千精骑兵分三路，铁骑快马一路扬尘杀奔妖营。

诀武诀仁义千余快骑先至中营。营外，只听诀武一声令下，众骑兵皆持弯刀，齐声呐喊杀入大营，然杀至营中，却见大营内空空如也，唯一盆篝火冉冉，诀武诀义面面相觑，不知所措。

顷刻过后，却听闻后方鼓声大作，两只小妖正于大营后方拼命擂鼓。诀武急忙出得大营，又见一小妖放出令箭，二诀士方知中计，急唤骑兵换长弓射杀三妖。

只听鼓声大作，中营百米外，火光四起，一众妖兵得令，皆持兵刃警戒。

见此情景，诀义急劝道："妖兵警觉也！袭击不成，当撤军也！"

诀武咬牙道："吾已至此，尚无功绩也！妖兵若于左右二侧伏击，中营定当空虚，且领兵杀之！"说罢，率一众骑兵，杀奔火光处，诀义见状，只得拍马追赶。

果真如诀礼所言，妖兵于左右伏击。决心诀礼领命率军围左右侧，行军至半途，突闻鼓声大作，又有令箭为号，一时间，从左右两边密林窜出数百妖兵，妖兵皆手持斩马刀，众骑兵皆惶恐。三诀士久经沙场，见妖兵至，急传令御敌。众骑兵得令，皆弃弓拔刀勇猛杀敌，一时间，左右二路皆陷入酣战。

另一侧，诀武领一路快骑杀奔后方大营，却见一众妖兵守于大营外。诀武见大营外不过数十妖兵，心中庆幸营中空虚，手持长毛戟，拍马便杀奔大营，众骑兵先换长弓，一连射翻数十妖兵，又换长刀杀向大营。

诀武先至大营，一拍马背便冲入营帐内，此时营内一小妖持斩马刀杀出，一刀砍翻马蹄，诀武便滚落马背。

营外，骑兵刚靠近大营，大营四周突然涌出无数妖兵将众骑兵团团围住。

诀义骑快马赶来，正好遇见妖兵围堵骑兵，心中暗想不好，愤愤道："中计也！"又紧握长枪杀向妖兵。

诀武翻落马背，又急忙爬起，却见大营内，一大妖侧卧帅椅，只见大妖身长九尺，臂膀粗大，獠牙尖长，一双蓝瞳，身披银甲，头戴紫金冠，肩披斗篷，好不威风！诀武暗想："果真妖王也！"妖王虽侧卧，依旧威严无比，诀武倍感压迫，然至大营，唯擒贼先擒王。诀武咬牙，紧握长毛戟，心一横便朝妖王杀去。那小妖惶恐，闪身挡来。诀武急躁，横扫一戟，只将小妖砍飞，又跨步而起，在半空中一戟刺出，长戟将至，那妖王纹丝不动，诀武以为得手，哪知大营后方突然闪出一妖，此妖手持星月长刀，急挥一刀便挡下诀武。

诀武翻身立定，却见眼前一妖尖嘴獠牙，珠如圆筒，身形硕大，肤如坚石，浑身赤毛，手持长刀，正是大妖磅峒也！诀武正疑惑，此妖何时在此？大营后方又吹来阵阵阴风。诀武回头一看，心中惊骇，原来大营后方早已站着两大妖，一妖身长十尺，身形似虫，浑身赤红，唤九钩虫！一妖鹰头虎驱，两翅巨长，两眼冒光，唤蛊雕！

二妖站定，大营左侧又走进来一妖，此妖身形巨大，豹头蛇身，尖嘴獠牙，唤嗤琨。大营右侧进来一妖，浑身黄毛，猪面犬身，尾部通红，唤壑窳。

诀武望着众妖，方知中计，原来妖众早已埋伏于大营，左右二路不过烟雾，将大军引至此一举歼灭才是大计。

然而诀武已入困境，此番难逃一死，索性轰轰烈烈迎战。

诀武心一横，大喝一声："诀义！快逃！"言罢，飞身而起，长戟怒挥，一阵强风随长戟击出，此击犀利，直取妖王命门。那妖王闻此强风，突地睁眼，一瞬间翻身而起，身法甚诡异。妖王唤来银凤枪，只一瞬便至诀武跟前，只见银枪一闪，一阵银光泛起，突听一声爆响，整个大营瞬间被劈开两半，诀武应声倒于血泊。

诀义却是听见那声绝呼，双目染泪，骂道："大哥却是不听！"此时左右二路解决妖兵亦赶至此，四诀士终是汇合，然诀武已败，此番再战已无意义。

诀义恨道："诀武已败，当命撤军，三诀士速归也。"

诀仁道："大哥命丧于此，吾等安敢苟活？决战矣！"

诀义道："万万不可，此番妖兵必攻拒妖寨，汝等当快马禀报。"

诀心道："便由吾与诀义阻拦妖兵，诀礼，诀仁速速回寨，不可耽搁！"

诀义道："听令也！速撤！"

诀礼诀仁听闻，含泪调转马头，领一路骑兵往拒妖寨奔去。

妖众大营内，一众大妖集结，青竹大王，紫山大王二妖缓缓从后方走出。

紫山大王道："此番中原国派精锐夜袭，又折损于此，当士气大减，吾等士气高昂，正是攻寨时机！"

妖王道："确好！杀也！"

众妖皆亢奋，妖王即命妖兵全部出击，杀往拒妖寨，众妖皆响应，一时声势浩大。妖兵浩荡，然前方杀出二诀士，二诀士领一路骑兵仍在顽强拼杀。

妖王暴怒，正欲出击，紫山大王拦住妖王，道："军情不可耽搁，且让伏鲸领百妖兵绞杀二将，吾大军继续奔赴拒妖寨。"妖王听罢，点头应允，旋即，大妖伏鲸领命杀往二诀士，众妖兵换道浩荡前行。

说回拒妖寨，五诀士领兵去远，众将欲散，突见寨门火光冲天。众将抬眼望去，却见黑压压一片黑蝠妖袭寨！原来黑蝠妖一早伏于拒妖寨旁矮山，五诀士领精锐出寨，妖兵以为时机已到，皆从矮山倾巢而出。一众黑蝠妖携酒坛至，众士兵尚未回神，黑蝠妖纷纷扔下酒坛，坛内尽是酒浆油脂，又有妖怪扔出火把点燃，一时间拒妖寨烈火焚烧，众士兵措手不及，皆慌乱窜逃。

寨中起火，定方将军急命士兵取水，然火势太盛，一时难以扑灭。

见定方焦急，净空上前道："吾且用百妖册取大水！"

定方道："如此尚好！如此尚好！圣僧快快取来，救此劫难。"

净空点头踱步，又随手唤出百妖册，却见百妖册光芒大盛，一大妖手持九龙锁出得百妖册，却见大妖身粗体宽，白毛厚背，两角尖锐，铁环穿鼻，口喘粗气，正是赤沙大王也！

赤沙大王出得百妖册，环顾四周，道："法师何故唤我？"

净空道："妖王侵扰，中原国危难矣，众将以此寨拒守，今夜起火，故唤汝捆了河妖来灭火也。"

赤沙大王拱手道："喏，即唤河妖！"说罢，双手使力忽地从百妖册中拖出五河妖，百妖册旋即合上。赤沙大王摆弄九龙锁，五河妖甚是听话，分别喷出倾天河水，一时间河水漫天，径直将熊熊烈火浇灭了去，众将大喜，即领兵杀往黑蝠妖。妖兵见大势已去，皆四散而逃，拒妖寨大胜矣。

拒妖寨大火得灭，众将士杀退黑蝠妖，众人方松一口气。

寨上大火虽灭，余烟未散，顾晨曦不仅感叹："此番凶险。"

古裕风、虎蛮、白尘、玄阴子杀退黑蝠妖，又与净空行至拒妖寨二层面见定方。此时已是寅时，士兵急匆匆来报："报！大事不妙！大事不妙！妖兵杀奔拒妖寨也！不足一里！"

定方命士兵退下，与众人面向拒妖寨正前方。抬眼望去，却见妖军黑压压一片，正往拒妖寨快速奔来。

定方叹道："此番，恶战也。"

古裕风道："将军何须叹气，联军于此，必是拼死守国。"

定方道："当如此！"话音刚落，城卫急报二诀士领一路快骑败退回寨，定方急命寨门大开，二诀士方入拒妖寨。此时妖兵将至，又分三路欲攻寨，定方无暇顾及，急命将士准备投石车，又命一众弓箭手寨上候命。

古裕风道："拒妖寨惧火，待妖军近寨，难守也！"

定方道："言之有理，众将军领军寨外御敌，可也？"

古裕风道："愿听将军令。"

定方即命古裕风领甲士一万守寨左侧，虎蛮领甲士一万守寨右侧，白尘领余下精兵于正门与妖兵对抗，玄阴子领一千仙兵于后方待命，顾晨曦率一队弓箭手于寨上待命，净空不擅领兵，与定方将军于拒妖寨二层瞭望台观战。

却见大妖领三路妖兵急攻拒妖寨，众将军领三路甲士死守中原门，却是个生死相拼，真的个剑拔弩张，大战蓄势待发。

欲知后事如何，且听下回分解。

第二十三章　圣天妖王显法相
净空谱法化金身

中原国外十里，山路陡峭，穿十里穷山僻壤，方至一处平原，此处号四川平原。平原辽阔，善骑者一马平川。传无底渊生出妖王，欲席卷中原诸国，中原国君急见定方将军，曰："此番妖兵挑衅，如何是好？"

定方答曰："妖族来犯，吾国难挡也，当联盟诸国，共同御敌。"

国君道："吾国外十里，皆山多陡峭，他国军队难至也。"

定方道："可于十里外，设拒妖寨，诸国皆于此聚拢。诸国合力，且于四川平原处诛妖也。"

国君道："如此甚好！"便命定方领兵急往四川平原建拒妖寨，定方领命而去。

出得朝堂，定方将军又快马传信古裕风，请其与顾晨曦前往拒妖寨，又托其寻白尘、玄阴子前来相助。安排妥当，定方将军方领大军前往拒妖寨。然定方将军与古裕风对话，被一黑衣人从屋檐外偷听。

定方将军走后，黑衣人翻身出得小巷离去。黑衣人行过小巷，又经小路行至一处宅院，入得宅内，黑衣人连连咳嗽，院内一侍女急来搀扶。

侍女道："主上胸腔旧伤，不可多动也，应好生养伤。"

黑衣人脱下面纱，道："环儿，无妨，旧伤矣。"

侍女扶黑衣人入院内坐下，见桌上摆放八宝灯，黑衣人突然哀伤道："吾此伤，难治也，唯靠此灯续命。"

侍女双眼含泪，道："主上吾胡言！主上是淤疾，好生修养定能痊愈！"

黑衣人摇摇头，沉默片刻，又连连咳嗽，稍稍止住咳嗽，又道："吾尚亏欠一人，环儿，吾且去一趟四川平原。无甚财物，只剩老宅一处，且赠汝，以后自由也。"

侍女大哭道："吾命主上救得，吾命便是主上的，主上去哪，吾便去哪。"

黑衣人拗不过，只得应允侍女随行。只是这十里山路，却是难行，黑衣人旧伤于胸，唯靠侍女左手搀扶，右手持灯，一步一步朝西川而行。

说回拒妖寨，却见三路妖兵杀至，拒妖寨众将士早已待命，只听定方将军一声令下，投石车纷纷发动，只见巨石从天而降，只听阵阵轰鸣，巨石撞落地面炸飞一众妖兵。

巨石飞落，妖兵却不惧，只见妖王一声令下，三路大妖皆变化法身踏足前行。

左侧大妖，号九钩虫，变化法身，身长百尺，浑身赤红，口吐烈焰，巨石砸落，毫发无损。右侧大妖，绰号蛊雕，变化法身，高六十尺，鹰头虎驱，巨石飞至，挥翅便碎。中路大妖，称号嘲琨，变化法身，高八十尺，豹头蛇身，尖嘴獠牙，巨石飞来，以头撞击。三大妖皆化法身碎石，众妖兵士气大盛，纷纷持兵刃冲往拒妖寨。

只见三路妖兵黑压压一片杀来，古裕风、虎蛮、白尘皆大喝一声，领甲士朝妖兵冲杀而去！妖兵凶悍，甲士毫不畏惧，视死如归，皆持长刀血拼，直杀得昏天暗地，一时间血染天际，风卷残云。

三大妖幻化法身杀至，古裕风、虎蛮、白尘骑快马相迎，又是一番好斗！

九钩虫吞云吐火，古裕风踏剑飞行，这边吐火且凶悍，那边御剑显神通。虽称九钩凡间虫，却练百年神仙功，铜皮铁骨斩不断，又有烈火烧尘埃。且言裕风普通剑，神机剑匣有玄机，师门传承百年功，百剑皆发斩妖去。

蛊雕化身六十尺，虎爪挥舞鹰吐气，士卒不敌弃甲逃，半路杀出虎蛮来，以环舍命且相拼。这边喷雾且舞爪，法身横蛮且犀利，那边六环且合一，挺身逞强使神力，两边皆是尽全力，果真一场好厮杀！

嗤琨豹头喷烈火，蛇尾横扫烟尘滚，一路前行无障碍。半路杀出白尘子，手持蓝盈扇来战，豹头蛇尾法身强，白尘使扇苦相迎，此番恶战尽全力，难挡嗤琨烈火来。

三军酣战，中路突然杀出一妖，手持星月长刀，肌若磐石，正是大妖磅峒也！白尘持扇苦战，又见大妖挥刀袭来，只能闪躲败退，此时玄阴子引一千仙兵至，又与白尘合力酣战，两军直杀得沙尘滚滚。

见两军酣战，妖王一跃而起，手持银凤枪杀至阵前。只见妖王头戴紫金冠，身披银甲，好不威风！妖王纵身便跃至白尘跟前，手持银枪，怒喝一声，便横扫出枪。喝声震天，银凤枪更是威力巨大，横扫一击，沙尘暴起，白尘唯有全力格挡，那枪好犀利，余波仍将白尘震飞数十米！

玄阴子使法轰来，妖王凝神又出一枪，银凤枪银光一闪，一道枪气将法术消弭，妖王又跃起轰出一脚，玄阴子闪躲不及，被一击击飞，口吐鲜血，无力再战！中路妖军大胜，众妖士气更盛，一路压往拒妖寨，中原国将士节节败退。

净空于瞭望台见得妖王，叹道：“好个妖王也！”旋即唤出百妖册，百妖册中金光一闪，却变出赤沙大王、九洞天大王二将。

九洞天大王、赤沙大王皆合手道：“法师何故唤我？”

净空道：“妖兵席卷中原，今命二王，且退敌去！”

二大王领命，持兵器驾云而去！

妖兵正欲攻寨，只见赤沙大王驾云至，口吐一阵黄沙，只将一众妖兵吹散！又见九洞天大王驾云至，手中三尖叉一指，便降落一道巨雷轰飞妖兵！

妖王见二大王至，咬牙切齿道："尔等叛徒！却来受死！"言罢，踏云飞身而起，手持银凤枪便劈向九洞天大王！

九洞天大王喝道："吾已皈依，乃修仙道！尔敢狂言，叉下受死！"言罢，举三尖叉便刺，只听兵刃炸响，妖王便与九洞天大王交手一合。

妖王劈下一枪，被九洞天挡下，心中恼怒，又连挥数枪，妖王力大，九洞天大王只能舞叉格挡。赤沙大王见状，手持天山戟便来助阵，妖王舞枪与二大王斗在一处，竟也不落下风！果真一场好斗！

却见妖王号圣天，手持银枪法力强，周身毫毛硬似铁，铜皮铁骨全不怕，头戴紫金凌风冠，身披银甲显神通，胎中便习日月法，悟得阴阳两道全，手中枪法似银龙，道道银光耀苍穹！九洞大王真不假，手中钢叉显神通，纵使银枪化银龙，持叉舞风便挡下，巧用十八般变化，周旋妖王全不怕。赤沙大王舞长戟，口中吐出漫天沙，妖王着实难对付，二王皆是尽全力，交手百合无胜负。

圣天妖王与赤沙大王、九洞天大王交手百十回合，不分胜负。妖王恼怒，仗着铜皮铁骨，怒喝一声便舞枪狂刺，银枪毫无章法，却是枪枪迅猛，二大王一时不敌，架云且战且退，妖王踏云便追。

追至半空，突听一声怒喝："妖孽！且接法杖！"只见净空突地现身，手持紫光法杖便劈来！原来净空于瞭望台见二大王不敌，急忙持法杖架云来助战！那妖王见净空至，急收银枪格挡，只听"嘭"的一声巨响，紫光法杖便轰中银枪，紫光法仗不一般，圣天妖王亦是硬接，若是一般妖怪，一杖足以毙命也！

二大王见净空至，又回身持兵器助战，妖王凶悍，手持银枪便挡，虽净空与二大王合力围攻，妖王仍不落下风！

又斗百回合，妖王恼怒，猛将银凤枪一掷，怒喝一声化法身！只见白光一闪，妖王径直化作百丈高！

只见妖王高百丈，浑身白毛似巨猿，骨似铁来皮似铜，紫光法杖失光芒，二王兵器皆无用。妖王一掌飓风起，净空不敌且败退，妖兵气势皆如虹，搬弄云梯且上阵，城墙弓兵皆惊恐，手持长弓急射箭。此战酣战忘生死，定与妖兵决生死！妖王踏步向前行，抬眼却见净空至，紫光法杖射紫光，阵阵光芒化紫龙，九洞瓷碗化水龙，赤沙大王吐沙龙，三龙皆朝妖王袭！妖王怒吼张巨口，一道白光喷射出，只见白光撞三龙，天地此间变颜色，苍茫大地亦颤抖！妖王法身术高强，三龙皆被消散尽。白芒仍往妖寨袭，净空飞身持杖挡，二王亦是飞身助，一阵强光炸开来，净空倒飞数十米，跌落拒妖寨中去，周身已受数重伤，倒地狂吐血不止，二王亦受数重伤，无力再战此妖王。

净空战败，妖兵气势大盛，皆持云梯攻寨。古裕风、虎蛮陷入酣战，抽身不得。

众甲士拼死抵抗，弓箭手于拒妖寨上拒守，只见寨外火光冲天，遍地尸骸，此战惨烈矣。

妖王显出真身，往拒妖寨步步紧逼，又低头见净空重伤，顿生恶念。妖王怒吼一声，便再蓄力，欲发白光，将拒妖寨几人歼灭。

情急之下，定方拔剑护住净空，二大王亦死守净空，然妖王犀利，净空叹道："勿无谓牺牲，逃也罢。"

白光渐盛，危难之际，一侍女提着八宝灯匆忙赶至。

侍女急道："法师！此乃八宝灯！此间蕴含天地之力，用此御敌也！"

净空疑惑，八宝灯此刻明晃晃亮着，闪烁无限生命之息。此时妖王猛然喷出白光，净空无暇多想，使出全力起身，然后夺过八宝灯一把推向半空，又以双掌发力，只将法力注入灯内。

只见八宝灯飞速射向半空，又听"轰"的一声巨响！白光与八宝灯猛地撞在一起，八宝灯于半空发出七彩光芒，竟将白光消散了去！

此灯威力巨大，妖王被震退数步！妖王惊恐，又凝神轰出一击！净空早一步飞身而起，双手合十，使出大罗金仙法，将八宝灯全数点燃。

只见八宝灯光芒阵阵散开，将数里外天际都照得通亮！妖王喷出一道白光，竟被八宝灯全数消弭。妖王不服，仗着百丈身躯往前冲去，双拳紧握轰出一击，然而，妖王刚刚接触到灯壁，却被一阵五彩光芒罩住全身。

只消一瞬间，妖王便陷入一阵幻境之中。

幻境内，圣天妖王化身成一只小白猿，在七彩的草地上奔走。

不多时，白猿看见一棵果树，树上结满鲜果。白猿欲摘果，却见一和尚拦住去路。和尚双手合十站在面前，白猿一脸疑惑。和尚伸出手来，变出一个鲜果，然后递与小白猿。小白猿抱住鲜果，又好奇地看向和尚。和尚又指了指果树，却见果树上的鲜果已然不见，只剩下一棵果树。白猿不解，却见和尚张开手掌，掌中是一颗种子，和尚将其递与白猿，那白猿接过种子，眼睛一眨一眨，似乎明白了什么道理。

一瞬间，妖王从幻境中醒来，却见眼前是一个金身罗汉，妖王还想反击，却被罗汉轻轻一掌轰落，妖王不敌，散了法身，直直坠向地面。

净空手持八宝灯，唤出百妖册，却见四周天旋地转，一瞬间，半空中出现一个巨大黑洞，那黑洞不停地旋转着，将圣天妖王吸了进去。

一众小妖见妖王败，皆弃兵刃而逃，然黑洞犀利，一众小妖亦被吸了进去。百妖册现，九钩虫、蛊雕、嘷琨皆惊惧，急忙散了法身逃窜。九洞天大王、赤沙大王却不饶，一个吹风卷起九钩虫、蛊雕，一个唤水卷起嘷琨，皆往百妖册中去也！

收得数妖，百妖册方才合起。

净空法力耗尽，坠于地面，幸得九洞天大王接住，送往拒妖寨。净空至拒妖寨，九洞天大王、赤沙大王方化黄风，入得百妖册。

妖兵大败，溃散而逃。嘷琨、蛊雕、九钩虫、圣天大王皆被百妖册收得。

鏊蠡、青竹大王、紫山大王、磅峒不知去向。

此战大胜，定方将军令古裕风追击残军，古裕风领命而去。追几里路，却见一狐妖、狼妖逃窜，狐妖瞎了左眼，狼妖瘸了右腿，故跑不快。古裕风骑马追上，两剑便砍落二妖头颅，又领军继续追击。

拒妖寨内，顾晨曦持弓下马，却见角落一侍女痛哭，便上前询问。

侍女哭道："吾主人，身患痨疾，仍不忘一人，舍命点灯，唤吾送往拒妖寨。"

顾晨曦心头一颤，问道："不忘何人？"

侍女道："一位姓顾的姑娘。他说，妖王生于日月，唯有此灯破法。若无此灯，怎保她性命？吾不知，原来点此灯要以命相抵！呜……"

顾晨曦心中大惊，急问道："汝主上叫什么来？"

侍女道："吾不知……"

顾晨曦追问道："他在何处？"

侍女哭道："主人行山路，半途已亡，叮嘱吾此灯定要送到！吾埋于山间，以碎石为记。"

顾晨曦舍下侍女，急寻马匹，往山间去也。

此战落下帷幕。

净空于拒妖寨内养伤，数日方愈。定方将军约净空去往中原国。净空却道："拒妖寨往南，便是南海，南海上有一处岛屿，却是刻满经文。吾有大任，当往南收尽诸妖，再往岛内求道，得道方回。尚不能回中原矣，还望将军恕罪。"

定方将军不敢阻拦，唯放净空离去。

净空背上行囊，一步一行，往南边而去，斜阳映衬下，留下一幅长长的斜影。

下凡间，第一册完。